LARS STRÖMSDÖRFER / WOLFGANG NIEMANN

Einsatz in Mogadischu

Lars Strömsdörfer/Wolfgang Niemann

EINSATZ IN MOGADISCHU

BASTEI
LÜBBE

Printed in Western Germany 1977
Einbandgestaltung: Manfred Peters
Titelfoto und Bildteil: action-press
Gesamtherstellung: Ebner, Ulm
ISBN 3-404-00793-X

Der Preis dieses Bandes versteht sich einschließlich
der gesetzlichen Mehrwertsteuer

Innerhalb einer knappen Stunde traten am Mittag des 13. Oktober 1977 zweiundachtzig Menschen, darunter sieben Kinder, im Flughafengebäude von Palma de Mallorca nacheinander an den Abfertigungsschalter des Linienflugs LH 181 nach Frankfurt, wo die Boeing 737 der deutschen Fluggesellschaft »Lufthansa« laut Flugplan um 15.10 Uhr landen sollte.

Die meisten von ihnen fanden noch Zeit, im Duty-free-Shop zollfreie Waren einzukaufen, und trugen Plastiktüten mit Flaschen und Zigaretten bei sich, als sie später das Flugzeug über die Gangway bestiegen.

Unter ihnen war auch Waltraud Gross, die bereits zweieinhalb Stunden vor Abflug ihr Urlaubsquartier, das Fünf-Sterne-Hotel »Valparaiso« in Palma Nova, verlassen hatte, um im Flughafen an der Bar noch eine Cola trinken und einige Souvenirs kaufen zu können, die sie mit nach Hause nehmen wollte. Nichts haßte die 57jährige aus Düsseldorf mehr als unnötige Hetze und unvorhergesehene Überraschungen. Mit entschlossenen Schritten ging die Dame in dem eleganten weißen Rodier-Kostüm als eine der ersten durch die Paß- und Zollkontrolle.

Zu denen, die das Flugzeug nur noch in letzter Minute erreichten, gehörten Birgit Röhll aus Berlin und ihr zehnjähriger Sohn Stephan. Die junge Mutter mit der modischen Jane-Fonda-Frisur hatte auf der Fahrt zum Flughafen noch einen Umweg in Kauf genommen, um in einem Schuhgeschäft in Palma ein Paar Lederstiefel zu reklamieren, das sie während ihres nur viertägigen Besuchs auf der Insel gekauft hatte und das jetzt schon bei einem Stiefel einen Riß an der Naht aufwies. Nur dem Entgegenkommen des Ladenbesitzers, der die Stiefel ohne große Worte umtauschte, war es zu verdanken, daß Mutter und Sohn doch noch ihre Plätze im Mittelteil der Maschine einnehmen konnten.

Sie waren durch die Abfertigungshalle zur Gepäckkontrolle gelaufen, die die spanische Flughafenpolizei zwar mit Routine, aber wegen des immer näher rükkenden Abflugtermins ohne übertriebene Gründlichkeit vornahm. Dennoch bestanden die Beamten darauf, die Kleidungsstücke, die die beiden Reisenden trugen, mit einem Prüfgerät nach Waffen abzusuchen. Erst danach durften sie passieren. Ahnungslos gingen sie dem Verhängnis entgegen.

Die beiden Männer und ihre zwei dunkelhaarigen Begleiterinnen, die dann noch kurz vor dem letzten Aufruf für den Flug LH 181 ihre Flugtickets bei der Abfertigung vorlegten, waren – wie sich später herausstellte – ganz bewußt in letzter Minute gekommen.

In ihrer lässigen, aber gepflegten Freizeitkleidung unterschieden sie sich rein äußerlich durch nichts von den meisten anderen Reisenden, wenn man davon absah, daß ihr leicht bräunlicher Teint natürlicher wirkte als die mühsam erworbene Sonnenbräune der Touristen, die inzwischen in der Boeing 737 Platz genommen hatten. Auch die Frauen trugen Hosen. Ihre Reisetaschen waren schwerer als das Handgepäck der übrigen Fluggäste.

Bei der Paßkontrolle legten sie drei persische und einen holländischen Paß vor. Die Frauen wiesen sich als Soraya Ansary und Shahna Gholan aus, die Männer als Reza Abasy und Johannes Gerdus.

Der Beamte konnte an den Dokumenten nichts Verdächtiges entdecken und wünschte den vier Reisenden im Alter von fünfundzwanzig bis dreißig Jahren mit einem kurzen Kopfnicken »Gute Reise«.

Keiner der übrigen Passagiere schenkte den vier Nachzüglern Beachtung. Nur die drei Stewardessen, die die Ankömmlinge an Bord begrüßten, wurden auf einen der beiden Männer aufmerksam, weil er einen auffällig schicken lindgrünen Sommeranzug ohne Krawatte trug.

In der Bordküche flüsterten sie über ihn: »Das ist ein richtig sympathischer Typ, der da hinten in der linken Reihe. Ob das zierliche schwarzhaarige Mädchen mit der Silberkette im Haar neben ihm seine Freundin ist?«

Noch bevor die Lufthansa-Maschine auf die Startbahn gerollt war, bat einer der vier in englischer Sprache um eine Flasche Mineralwasser. Er wurde gebeten, sich bis nach dem Start zu gedulden.

»Okay«, sagte er. »Sie werden mich schon nicht vergessen.«

Mit einer geringfügigen Verspätung hob der City-Jet »Landshut« kurz nach 13 Uhr von der Rollbahn ab und stieg in den azurblauen, fast wolkenlosen Himmel auf. Zurück blieb die sonnenbeschienene Insel.

Der 37jährige Flugkapitän Jürgen Schumann und sein um zwei Jahre jüngerer Copilot Jürgen Vietor nahmen wieder Kurs auf die Heimat, die sie erst am Morgen um 9.55 Uhr von Frankfurt aus verlassen hatten. Knapp eine Stunde hatte ihr Aufenthalt auf Mallorca gedauert. Kapitän Schumann war in das Flughafengebäude gegangen, um eine neue Wettermeldung einzuholen, während die restliche Crew an Bord blieb.

Es wurde ruhiges Flugwetter auf der Strecke Mallorca–Frankfurt vorausgesagt.

So flogen sie wieder der Bundesrepublik entgegen, in der es auch an diesem Tag nur ein beherrschendes Gesprächsthema gab: die Entführung des Präsidenten der Arbeitgeberverbände Hanns-Martin Schleyer. Seit 39 Tagen schon befand sich der 62jährige in der Gewalt von Terroristen, die die Freilassung ihrer im Gefängnis einsitzenden Gesinnungsgenossen forderten.

Bonn, an diesem Donnerstag: Seit Stunden besprechen Vertreter der Bundesregierung unter Leitung von Innenminister Werner Maihofer mit Sicherheitsexperten das weitere Vorgehen im Entführungsfall Schleyer. Was hinter verschlossenen Türen und verhängten Fenstern unter ständig brennenden Neonröhren am Konferenztisch besprochen wird, darf nicht an die Öffentlichkeit dringen. Um die Ermittlungen nicht zu gefährden, hat sich die Bundesregierung schon Tage vorher zu einer strengen Nachrichtensperre entschlossen. Die Journalisten in der Bundeshauptstadt sind auf Vermutungen, Spekulationen und Gerüchte angewiesen, die wild wuchern.

Nur soviel weiß man: Die Lage ist noch ernster geworden. Seit dem 24. September haben sich die Entführer des Verbandspräsidenten nicht mehr bei dem Kontaktmann, dem Genfer Rechtsanwalt Payot, gemeldet, bei dem das Bundeskriminalamt eine Mitteilung hinterlegt hat, die von der Regierung als »wesentlich« bezeichnet wird. Die Sorge um das Leben von Hanns-Martin Schleyer wächst von Stunde zu Stunde.

In den Niederlanden soll an diesem Tag Ines Ponto, die Witwe des ermordeten Bankiers Jürgen Ponto, einem Mann gegenübergestellt werden, der unter dem Verdacht steht, nicht nur an der Ermordung Pontos, sondern auch an der gewaltsamen Entführung Schleyers beteiligt gewesen zu sein. Von dieser Gegenüberstellung mit dem mutmaßlichen Anarchisten Knut Folkerts, an der neunzehn weitere Zeugen beteiligt sind, versprechen sich alle in Bonn neue wichtige Hinweise.

Nach den Besprechungen mit den Sicherheitsexperten ist Minister Maihofers Tagespensum noch nicht erfüllt, obwohl er von den nervenaufreibenden Anstrengungen der letzten Tage schon gezeichnet ist. Bundeskanzler Helmut Schmidt hat für den Abend erneut eine Sitzung des kleinen Krisenstabes im Kanzleramt anberaumt. Und auf dem Weg zu dieser Sitzung wird Innenminister Maihofer eine alarmierende Nachricht erreichen, die alle Planungen umwirft.

Die meisten der Passagiere der »Landshut«, die immer noch den vorgeschriebenen Kurs in Richtung Frankfurt einhielt, hatten durch den Urlaub auf Mallorca etwas Abstand zu den dramatischen Ereignissen in der Heimat gewonnen. Einige informierten sich über die neueste Entwicklung durch die Tageszeitungen, die die Stewardessen gleich nach dem Start verteilt hatten. Noch wußten sie nicht, daß sich in wenigen Minuten ihr eigenes Schicksal mit dem des Entführten auf dramatische Weise verknüpfen sollte.

Für Flugkapitän Jürgen Schumann und seinen Copiloten Jürgen Vietor war dieser Linienflug reine Routinesache. Beide hatten bei der Bundeswehr erste Flugerfahrungen gesammelt, bevor sie in den Dienst der Lufthansa getreten waren. Sie kannten die technischen Daten dieser kleinen Maschine mit ihren 103 Sitzplätzen genau, wußten, daß der City-Jet vollgetankt bei einem Spritverbrauch von 2640 Litern pro Stunde höchstens 300 Minuten fliegen kann.

Am Morgen dieses Donnerstages hatte sich Schumann von seiner Frau Monika, seinem elfjährigen Sohn Mark und dem zweijährigen Dominik im südhessischen Babenhausen lachend verabschiedet. »Abends bin ich wieder da«, hatte er gesagt und dann sein Haus verlassen, das sein ganzer Stolz war, weil er bei den Bauarbeiten selbst kräftig mitgeholfen hatte.

Ähnlich wie Copilot Vietor, der bei den Marinefliegern den Dienstgrad eines Kapitänleutnants erworben hatte, galt Schumann bei Vorgesetzten und Kollegen als ein ruhiger, besonnener Mann, der die Ordnung liebt.

Natürlich hatte er mit Monika, die seit zwölf Jahren seine Frau war, vor diesem Flug mehr als einmal darüber gesprochen, wie gefährlich sein Beruf in den letzten Jahren geworden war. Nicht etwa wegen der Tücke der Technik – die Technik beherrschte Jürgen Schumann im Schlaf. Aber die Nachrichten über Flugzeugentführungen und blutige Geiseldramen stimmten auch ihn nachdenklich.

»Wenn es einmal soweit ist, bleib ganz ruhig. Ich bin kein Typ für lebensgefährliche Gesten«, beruhigte er damals Monika.

In der Kabine hinter dem Cockpit bereiteten die Stewardessen Hannelore Piegler, Anna-Maria Staringer und Gaby Dillmann die Ausgabe des Mittagessens an die Passagiere vor. Es gab kaltes Hühnerfleisch, Brötchen und Butter. Obwohl die Crew erst am Morgen um 8.35 Uhr auf dem Frankfurter Flughafen in dieser Zusammensetzung zum Flug LH 181 angetreten war, klappte die Zusammenarbeit zwischen den drei Frauen von Anfang an reibungslos.

Hannelore Piegler, die 33jährige, war die Dienstälteste unter den Stewardessen an Bord der »Landshut« und fungierte auf diesem Flug als *Chef de Cabine*, wie ihre offizielle Dienstbezeichnung lautete. Nach sieben Jahren bei der Lufthansa bedeutete Fliegen für sie Alltag.

Und auch für die weitgereiste Birgit Röhll, die in Berlin zum Bodenpersonal der Lufthansa gehört, war so ein Flug längst keine aufregende Sache mehr. Sie saß direkt neben dem Gang und blätterte mit Sohn Stephan die Preisliste für den Bordverkauf zollfreier Waren durch, kreuzte mit ihrem Mont-Blanc-Füllhalter an, was sie später bei der Stewardeß kaufen wollte: eine Flasche Parfüm, ein Lego-Spielzeug für den Jungen. Das Buch, das sie als Urlaubslektüre mitgenommen hatte und das dann doch ungelesen blieb, weil es mit der Freundin, die sie auf Mallorca besucht hatte, so viel zu erzählen gab, verstaute sie in dem Netz an der Rückenlehne vor ihr. Sie nahm sich vor, später einige Kapitel in Remarques »Zeit zu leben, Zeit zu sterben« zu lesen.

Der Spanier, der neben Stephan am Fenster saß, schaute immer noch gedankenverloren hinaus. Und auch Waltraud Gross, die Dame im weißen Kostüm, blickte von einer der ersten Sitzreihen aus auf die Wolken und freute sich auf die Mahlzeit, denn am Morgen war sie viel zu aufgeregt gewesen, um ausgiebig zu frühstücken. Noch immer waren die Menschen in der Maschine nur eine bunt zusammengewürfelte Reisegesellschaft, die nichts außer dem Ziel gemeinsam hatte. Der Zufall hatte sie zusammengeführt: die

Kommunalpolitikerin aus Kempten, den ehemaligen Gewerkschaftler, der einen Urlaub im eigenen Ferienhaus auf Mallorca verbracht hatte, die attraktive Bühnenarchitektin, oder die Hausfrau aus der Nähe von Hannover, die ihren kleinen Terrier »Robby« auf dem Schoß hielt.

Horst Gregorio Canellas, der ehemalige Präsident des Fußballvereins Kickers Offenbach, der als Aufdecker des Bundesliga-Bestechungsskandals Schlagzeilen gemacht hatte, saß neben seiner Tochter Gabriela.

Für die 18jährige sollte diese Reise in die Heimat – die Familie Canellas lebt seit einiger Zeit in Palma – ein Geschenk sein, denn sie hatte die Aufnahmeprüfung an einer spanischen Universität bestanden.

Der durch den Fußballsport bekannt gewordene Südfruchthändler wollte schon eine Woche zuvor mit dem Flugzeug nach Deutschland reisen, aber dann kamen geschäftliche Verpflichtungen dazwischen, und so war er mit Gabriela erst an diesem Donnerstag gestartet.

Das gleichbleibende Geräusch der Motoren wirkte auf die Passagiere beruhigend. Sie hingen ihren eigenen Gedanken nach.

Der Gastwirt aus Stade, der mit seinem dreijährigen Sohn und seinem Freund, einem Lehrer, einen Kurzurlaub auf Mallorca verbracht hatte, freute sich jetzt auf den nächsten Tag, an dem er seinen 29. Geburtstag feiern sollte. Das Horoskop sagte ihm für diesen kommenden Freitag voraus:

»Gehen Sie mit den in der Luft liegenden brisanten Tendenzen vorsichtig um.«

Irgendwo im hinteren Teil der Maschine saßen verstreut sieben junge Frauen, die den anderen Passagieren durch ihre strahlende Schönheit auffielen. In der Diskothek »Graf Zeppelin« in El Arenal waren sie vor einem Jahr zu Schönheitsköniginnen gewählt worden.

Der Inhaber der Diskothek, Manfred Riek, hatte für die Preisträgerinnen einen einwöchigen Aufenthalt auf Mallorca – Hin- und Rückflug inbegriffen – als Belohnung gestiftet.

Jetzt dösten sie vor sich hin, weil sie müde waren. Am Vorabend hatten sie noch in der Diskothek kräftig gefeiert und am Morgen beinahe den Abflug verpaßt.

16 Jahre alt war die jüngste der sieben Schönheitsköniginnen. Für die blonde Simone war die Reise auf die Sonneninsel der erste Urlaub ohne die Eltern gewesen.

Auf die Landung in Frankfurt freute sich auch die fünfköpfige Crew der spanischen Chartergesellschaft *Trabajos Aereos y Enlaces (TAE)*, die nach Deutschland geschickt worden war, um in Frankfurt nach einem Kurzurlaub eine Maschine ihrer Gesellschaft zu übernehmen. Sie trugen alle Zivil, der Kapitän Alberto Cerezo, sein Copilot Jaime Deya, der Bordingenieur Alberto Lopez und die Stewardessen Pilar Diaz und Elisa van der Elst.

Waltraud Gross versuchte sich den Appetit nicht durch eine Vorahnung verderben zu lassen, die sie am Abend plötzlich befallen hatte und die sich jetzt wieder verstärkte, als sie sich nach den vier Passagieren umdrehte, die zuletzt an den Abfertigungsschalter getreten waren.

Sie glaubte den einen dunkelhaarigen Mann und seine Begleiterin, die jetzt schweigend aßen, schon einmal gesehen zu haben.

Das war am Tag vor dem Abflug in einem Restaurant gewesen. Es gab keine Erklärung für den merkwürdigen Gedanken, der sie angesichts der beiden Fremden in dem Restaurant durchzuckt hatte: »Hoffentlich wird deine Maschine nicht entführt.«

Als sie dann später von Palma aus mit ihrem Sohn und ihrer Tochter in der Heimat telefonierte, um ihre Heimkehr anzukündigen, konnte sie nicht anders. Sie mußte es sagen: »Ich habe so ein komisches Gefühl. Hoffentlich passiert unterwegs nichts.«

Und ihre erwachsenen Kinder hatten am anderen Ende gelacht und gesagt: »Was soll denn schon passieren, Mutti?«

Sie waren es gewohnt, daß die Mutter manchmal merkwürdige Einfälle hatte. Bevor sie nach Mallorca flog, war sie mit ihrem Sohn im Auto kreuz und quer durch Skandinavien gereist, bis sie feststellte: »Das ist mir zu anstrengend. Jetzt muß ich mich auf Mallorca erst einmal erholen.«

Sie beugte sich wieder über das Tablett, das ihr Stewardeß Gaby Dillmann gereicht hatte und versuchte, die finsteren Gedanken zu verdrängen.

Gegen 13.45 Uhr – die Boeing befand sich kurz vor der Insel Elba – waren die meisten Tabletts auf den heruntergeklappten Tischchen an den Vordersitzen leergegessen. Die Passagiere lehnten sich zufrieden in die bequemen Sitze zurück. Der kleine Stephan Röhll warf einen Blick in das Mickymaus-Heft – ein Begrüßungsgeschenk der Stewardeß.

Und dann war die friedliche Idylle an Bord der Maschine von einer Sekunde zur anderen zu Ende:

Im hinteren Teil der Kabine bricht plötzlich Unruhe aus. Stimmen werden laut. Die in unmittelbarer Nähe des Tumults sitzenden Passagiere drehen sich um.

Die beiden Männer und ihre Begleiterinnen, die in letzter Minute an Bord gekommen waren, sind von ihren Plätzen aufgesprungen und stürmen laut schreiend durch den Gang nach vorn, rempeln rücksichtslos Reisende an, verschwinden hinter dem Vorhang zur ersten Klasse.

»Betrunkene, die sich nicht benehmen können«, glaubt Waltraud Gross und ist ärgerlich über die Störung. Ihre böse Vorahnung hat sie vergessen.

»Ein Verrückter, den die anderen zurückhalten wollen«, denkt Birgit Röhll, »so etwas kommt ja hin und wieder vor«, und mißt dem Zwischenfall keine weitere Bedeutung zu. Sie hat nicht gesehen, was nur die Passagiere in den vordersten Reihen beobachten konnten, vor denen die vier einen Augenblick verharrten: Sie halten Handgranaten und Pistolen drohend in den Händen.

Die Tür zum Cockpit springt auf. Copilot Vietor, der das Kommando hat, nachdem sein Kollege auf dem Hinflug der verantwortliche Flugzeugführer war, blickt sich erschrocken um und starrt in den Lauf einer Pistole, die genau auf Schumanns Kopf zielt.

Ehe Jürgen Vietor noch etwas tun kann, kriegt er einen kräftigen Fußtritt seitlich in die Rippen, der ihn vom Sessel wirft. Zwei Männer stehen im Cockpit und schreien: »Raus hier. You are kidnapped – ihr seid entführt!«

Die Entführer befehlen: »Hands up – Hände hoch!«

Der Copilot gehorcht, verschränkt die Hände hinter dem Kopf und wird mit Fausthieben in die Erste-Klasse-Kabine getrieben, vorbei an den Frauen, die mit entsicherten Eierhandgranaten laut schreiend herumfuchteln.

Inzwischen hält einer der Entführer Flugkapitän Schumann in Schach.

Bei der »Lufthansa« sind sie auf solche Situationen vorbereitet worden und haben gelernt, keinen Widerstand zu leisten, sondern auf die Forderungen der Entführer einzugehen. Aber auch diese beiden eher kaltblütigen Männer brauchen ein paar Minuten, um zu begreifen, was da passiert ist.

Alles ist ganz schnell gegangen. Die Reisenden in der Touristenkabine sind verstummt. Da wird der Vorhang wieder zur Seite gerissen. Und was die Fluggäste sehen, erfüllt sie zuerst mit Erstaunen, dann mit Bestürzung und schließlich mit lähmendem Entsetzen.

Um 15.30 Uhr meldet die Flugsicherung von Mailand: »LH 181 ist bei Elba von der Flugroute Mallorca—Frankfurt abgewichen. Die Maschine mit dem Funkrufzeichen Charly Delta nimmt Kurs auf Rom.«

Sie springen nicht von ihren Plätzen auf, sie sprechen kein einziges Wort – die Passagiere des City-Jets »Landshut« sind wie erstarrt und blicken entsetzt zum Mittelgang. Angetrieben von zwei Frauen und einem Mann stolpern die Reisenden aus der Ersten Klasse, die drei Stewardessen und Copilot Vietor mit erhobenen, hinter dem Kopf verschränkten Händen zum hinteren Ausgang des Flugzeugs, wo sie wie Vieh zusammengetrieben werden.

Pistolenläufe halten sie in Schach. Eine der Frauen droht mit zwei entsicherten Handgranaten, die sie über den Kopf hält, damit jeder im Flugzeug sie sehen kann. Ihr verzerrtes Gesicht verrät Haß und Entschlossenheit.

»Du glaubst«, sagt Birgit Röhll, die die Szene mit klopfendem Herzen beobachtet hat, später von diesem Augenblick, »gleich wird einer der Passagiere die Nerven verlieren. Du hörst die Kommandostimmen, die auf englisch barsche Befehle erteilen, und denkst, das muß ein Alptraum sein.«

Aber was sich über Elba in der Boeing 737 abspielt, ist traurige Wirklichkeit. Das wird allen bewußt, als sich der, der im Cockpit bei Kapitän Schumann geblieben ist, über das Bordmikrofon meldet.

»Ladies and Gentlemen«, sagt er, und seine Höflichkeit wirkt in dieser bedrohlichen Situation geradezu grotesk, »hier spricht Ihr neuer Kapitän Mahmud.« Zugleich müssen sich die Passagiere an eine neue Sprachregelung gewöhnen: Sie seien keine Terroristen, gibt der Anführer auf englisch über den Lautsprecher bekannt. »We are freedom fighters« – Freiheitskämpfer. »Wir fordern die Freilassung von Kampfgenossen, die in der Bundesrepublik Deutschland und in der Türkei inhaftiert sind.« Was passieren wird, wenn diese Forderungen nicht erfüllt werden, braucht Mahmud nicht zu sagen. Die Waffen in den Händen seiner Komplizen sprechen für sich.

Von nun an kommen die Männer und Frauen, die Greise und Kinder, die zu Geiseln geworden sind, nicht mehr zur Ruhe. Wenn die Terroristen einmal für kurze Zeit keine Befehle geben, dann ist es die eigene Angst, die die Passagiere hellwach macht.

Mit der Präzision eines Uhrwerks beginnt die Machtergreifung der Entführer über Menschen und Maschine. Noch immer sind die Pistolen auf die Köpfe der Stewardessen und des Copiloten gerichtet, die hinten im Flugzeug stehen. Zwei Frauen werden von den

Geiselnehmern aus den Reihen der Verängstigten ausgesucht. Sie müssen die leeren Tabletts abräumen und in die Bordküche bringen.

Dann befiehlt der Anführer in seinem holprigen Englisch, an das sich die Geiseln schnell gewöhnen: »Reisepässe und Ausweise in den Gang werfen!«

Birgit Röhll überlegt: »Soll ich meinen Dienstausweis der Lufthansa auch abgeben? Was wird mir passieren, wenn sie entdecken, daß ich bei der Gesellschaft arbeite, deren Flugzeug sie gerade gekapert haben?«

Sie steckt das Papier in den Büstenhalter, zieht es aber sofort wieder heraus, denn Mahmud, der sich ständig »Captain« Mahmud nennt, um zu zeigen, wer jetzt Herr an Bord ist, hat gedroht: »Verheimlichen Sie uns nichts. Wir scheuen uns nicht, Sie von oben bis unten abzusuchen. Notfalls ziehen wir Ihnen auch die Hosen aus. Und wehe dem, bei dem wir noch etwas finden.«

Wieder werden zwei Frauen dazu gezwungen, Helferinnen der Terroristen zu sein. Gebückt gehen sie durch den schmalen Gang, knien nieder und sammeln die verstreuten Pässe ein. Sie geben sich Mühe, das Zittern ihrer Hände zu verbergen. Sie bewegen sich wie Marionetten, lassen diesen Akt der Erniedrigung willenlos über sich ergehen. Was tut man nicht alles angesichts drohend erhobener Handgranaten, die die eine Terroristin immer noch in Händen hält.

Dann wird das Handgepäck eingesammelt und nach vorn in die 1. Klasse gebracht.

Später sagt der Chef der Entführer: »Sie können einzeln nach vorn kommen und sich davon überzeugen, daß Ihre Wertsachen noch vorhanden sind. Wir wollen uns nicht an Ihnen bereichern.«

Kaum einer wagt es, dieses Angebot anzunehmen.

Sie haben ihr persönliches Hab und Gut abgegeben, sie fühlen sich wie ausgeplündert. Dem kleinen Stephan hat man sogar den Schlüsselbund abgenommen, den er am Gürtel seiner Hose trug.

Aber sie leben noch, die Menschen in der Boeing 737, und das wiegt alles auf. Wie schnell sich die Gewichte verschieben! Was eben noch wichtig war, hat jetzt an Bedeutung verloren.

Der Mann, der sich Captain nennt, befiehlt: »Hände hoch und hinter dem Kopf verschränken!« Eine Stewardeß übersetzt den Befehl, und alle gehorchen. Eine Stunde lang sitzen sie so da, bis sie kein Gefühl mehr in den Armen haben. Dann erst heißt es: »Ladies and Gentlemen, Sie können die Hände wieder runternehmen.«

Geisel Waltraud Gross, deren böse Vorahnungen sich bestätigt haben, wundert sich, als die »Landshut« auf ihrem Irrflug zum erstenmal zur Landung ansetzt:

»Merkwürdig, daß man so ruhig bleibt, wenn man plötzlich in eine gefährliche Situation gerät. Woher nehme ich auf einmal diese Kraft? Der Gedanke an eine Flugzeugentführung, der mich am Vorabend ohne erkennbaren Grund überfallen hat, hat mich viel unruhiger gemacht als jetzt der Anblick der Entführer, die mit entsicherten Pistolen vor mir stehen.«

Noch glauben alle an Bord der Boeing 737: »Lange kann dieser Zustand ja nicht anhalten.«

Um 15.50 Uhr landet die Lufthansa-Maschine »Landshut« überraschend in Rom, auf dem internationalen Flughafen.

In Bonn bereitet sich Innenminister Maihofer auf die Sitzung des kleinen Krisenstabes vor, die Bundeskanzler Schmidt für den frühen Abend im Kanzleramt anberaumt hat, als ihn die Nachricht von der Entführung des City-Jets erreicht. Noch liegen die Hintergründe dieser überraschenden Aktion völlig im dunkeln.

Eine Stunde nach der Landung bekommt Innenminister Maihofer seinen italienischen Kollegen an das Telefon. Er beschwört ihn: »Lassen Sie nicht zu, daß die Maschine wieder startet. Versuchen Sie, das auf jeden Fall zu verhindern.«

Bereits zehn Minuten später teilt die Flugsicherungszentrale Mailand wörtlich mit, was der Anführer der Flugzeugentführer, der sich selber Hauptmann Walter Mahmud nennt, in Englisch mit arabischem Akzent über Funk durchgegeben hat:

»Das Flugzeug der deutschen Gesellschaft ist unter Kontrolle. Die Gruppe, die ich vertrete, fordert die Freilassung unserer Genossen, die in den deutschen Gefängnissen in Haft sind. Wir kämpfen gegen die imperialistischen Organisationen der Welt.«

In dem krisengewohnten Bonn laufen die Telefondrähte heiß. Bundeskanzler Schmidt wird bei einer SPD-Vorstandssitzung von der Entführung unterrichtet. Der CDU-Vorsitzende Kohl nimmt an einer Sitzung des ZDF-Fernsehrates teil, als ihn die Meldung erreicht.

Außenminister Genscher erhält in der Volksrepublik China, in der er sich gerade zu einem Staatsbesuch aufhält, ein Telegramm mit der Unglücksbotschaft.

Für die Mitglieder des großen Krisenstabes werden in der Bundeshauptstadt vorsorglich Hubschrauber bereitgestellt, damit das Gremium ohne Verzögerung zusammentreten kann.

Noch einmal versucht Innenminister Maihofer, die italienische Regierung dazu zu bewegen, den Start der entführten Maschine »unter allen Umständen« zu verhindern.

Doch bereits dreizehn Minuten nach diesem Telefongespräch – genau um 17.50 Uhr – trifft in Bonn die Meldung aus Rom ein: »LH 181 ist ohne Erlaubnis gestartet.«

Inzwischen haben die deutschen Rundfunk- und Fernsehstationen die Nachricht von der Entführung des City-Jets ausgestrahlt. Noch sind die Informationen dürftig, denn niemand weiß genau, wie viele Entführer an Bord sind.

Dieter Röhll, Bankkaufmann in Berlin, hat an diesem Donnerstag sein Büro früher als sonst verlassen. Am nächsten Morgen will er dienstlich nach England reisen und muß hierfür noch einige Vorbereitungen treffen.

Er lenkt seinen Wagen durch den dichten Feierabendverkehr. An einer Ampel schaltet er das Autoradio ein, das am Vortag repariert worden ist. Er sucht einen Sender, und als er ihn schließlich auf der Skala gefunden hat, hört er nur noch bruchstückhaft die Stimme des Nachrichtensprechers: ». . . Lufthansa-Maschine . . . entführt.«

An diesem Donnerstag oder spätestens am Freitag wollten seine Frau Birgit und sein Sohn Stephan aus Mallorca zurück sein. Am Montag gehen die Ferien des Jungen zu Ende.

Eine kurze Strecke fährt Dieter Röhll noch weiter. Dann ist die böse Vorahnung in ihm so groß geworden, daß er umkehrt, um von seinem Büro aus den Flughafen anzurufen.

Wenige Minuten später hat er die furchtbare Gewißheit: Frau und Kind sind in den Händen der Flugzeugentführer.

Mit ihm bangen die anderen Angehörigen der Passagiere um das Leben der Menschen in der Maschine. Sie sind zu einer weitverstreuten Schicksalsgemeinschaft geworden.

Um 18.20 Uhr an diesem ereignisreichen Donnerstag trifft in Bonn die Meldung ein, die »Landshut« nehme Kurs auf Zypern.

Um 19.55 Uhr teilt der Sprecher der Bundesregierung, Staatssekretär Bölling, den Journalisten in Bonn mit: »Der Bundesinnenminister erklärt, daß wir eine Maschine mit Experten des Bundeskriminalamtes auf den Weg nach Zypern geschickt haben.«

Es ist nur eine kurze Information, aber an ihr entzünden sich an diesem Abend Spekulationen und zugleich die Hoffnungen der Angehörigen, die um das Leben der Menschen in der Boeing 737 bangen.

Eine halbe Stunde später erhält die Bundesregierung die Zusage des zypriotischen Außen- und Innenministers, daß der Start der entführten Maschine verhindert werde, wenn sie auf Zypern landen sollte. Und bereits eine Minute später setzt die »Landshut« auf der Rollbahn des zypriotischen Flughafens Larnaka auf.

Der Anführer der Flugzeugentführer fordert über Funk die Bereitstellung von zehn bis elf Tonnen Treibstoff und dann die Freigabe des Starts.

Die Zyprioten versuchen ihr an Bonn gegebenes Versprechen zu halten, bis die Maschine mit den Experten des Bundeskriminalamtes eingetroffen ist und verzögern das Auftanken des Flugzeugs.

Im Tower des Flughafens Larnaka erscheint der in Zypern stationierte Vertreter der Palästinensischen Befreiungsorganisation (PLO), Zacharias. Eine Dreiviertelstunde lang versucht er, Captain Walter Mahmud über Funk zu einer vernünftigen, positiven Entwicklung zu überreden. Aber der Anführer verliert zum erstenmal die Nerven und schreit in das Bordmikrofon, bis sich seine Stimme überschlägt: »Beeilt euch mit dem Auftanken, sonst fliegt die Maschine in die Luft!«

Die Drohung ist unmißverständlich. Der City-Jet wird aufgetankt. Und immer noch sind die deutschen Sicherheitsexperten nicht auf Zypern gelandet.

Um 22.50 Uhr hebt die Lufthansa-Maschine wieder ab und nimmt Kurs auf Beirut.

Aber zu dieser Zeit ist in Bonn und in Zypern bereits bekannt, daß der Flughafen Beirut für die »Landshut« gesperrt sein wird.

Der City-Jet nimmt von Beirut Kurs auf Damaskus und erhält hier ebenfalls keine Landeerlaubnis. Inzwischen ist es 23.14 Uhr. Jetzt fliegt die Maschine in Richtung Bagdad, aber auch dort wird die Landeerlaubnis um 0.23 Uhr verweigert.

In Bonn verdichtet sich der Verdacht, daß die Entführer keine Verbindung zur PLO haben. Die Experten des Bundeskriminalamtes, die inzwischen in Larnaka gelandet sind, müssen unverrichteterdinge abfliegen und werden vorerst nach Istanbul beordert.

Noch immer ist die »Landshut« in der Luft. Um 0.58 Uhr erreicht sie Kuwait. Und wieder heißt es: »Keine Landeerlaubnis für LH 181.«

Knapp zwei Stunden ist der neue Tag, der Freitag, alt, als der City-Jet um 1.54 Uhr auf dem Flughafen von Bahrein landet.

Von Flugkapitän Jürgen Schumann sagen die Kollegen: »Fliegen ist für ihn so unproblematisch wie Atemholen.«

Als ehemaliger Pilot eines Starfighters F 104, den er zuletzt beim Jagdbombergeschwader 53 in Büchel bei Cochem steuerte, ist er mehr als einmal in gefährliche Situationen verwickelt gewesen. Er hat wohl auch die Angst kennengelernt, wenngleich er nie – wie viele seiner Kameraden – mit dem Fallschirm aus dem Starfighter hat aussteigen müssen.

Aber auf diesem Irrflug von Mallorca über Rom, Zypern, Beirut, Damaskus, Bagdad, Kuwait nach Bahrain macht er ganz neue Erfahrungen, während die Pistole des Terroristenanführers drohend auf ihn gerichtet ist. Obwohl seine Nerven bis zum Zerreißen gespannt sind, zwingt er sich zum Nachdenken. Er muß verhindern, daß die Entführer Argwohn schöpfen und dennoch versuchen, möglichst viele Informationen über die Situation an Bord an die Bodenstationen weiterzuleiten.

Unbemerkt von den Geiselnehmern ist es ihm über dem Mittelmeer noch gelungen, Sprechkontakt in deutscher Sprache mit einer kurz hinter seiner Boeing 737 fliegenden Maschine aufzunehmen und dem Kollegen im Cockpit mitzuteilen: »Es sind vier, die uns in Schach halten. Zwei Männer und zwei Frauen – bewaffnet mit Pistolen und Handgranaten.« Aber er selbst weiß nicht, ob seine Nachricht verstanden wurde.

So erfährt die Lufthansa bruchstückhaft etwas über die dramatische Lage in der Maschine.

Gleich nach dem Überfall sind sie von den vier Terroristen umgesetzt worden, die verängstigten Passagiere der »Landshut«. Mütter sitzen jetzt von ihren Kindern getrennt, Männer dürfen nicht die Hände ihrer Frauen halten. Die Umgruppierung hat System. Die kräftigen jungen Männer müssen vorn Platz nehmen, wo man sie besser bewachen kann. Nur Kinder und Alte dürfen an den Fenstern sitzen, weil sie den Terroristen nicht gefährlich werden können.

Die gehen im Gang hin und her oder knien auf einem der vorderen Sessel, blicken über die Rückenlehnen hinweg starr die Reisenden an, richten grinsend ihre Waffen auf die Köpfe der Wehrlosen.

»Sprechen ist verboten! Wer spricht, wird erschossen.«

Von nun an dürfen die Passagiere nur das tun, was die Entführer befehlen. Kommandiert und erst nach langen Wartezeiten gnädig gestattet werden der Gang zur Toilette, ein kurzes geflüstertes Gespräch mit dem Nachbarn, das Anzünden einer Zigarette. Sie haben ihre Feuerzeuge und Streichhölzer abgeben müssen. In den Rauchpausen geht eine der Terroristinnen durch den Gang und gibt den Rauchern Feuer. Manchmal kommt dabei die Glut gefährlich in die Nähe der Handgranaten, von denen sie sich nie trennt.

Birgit Röhll, die jetzt zwei Reihen hinter ihrem Sohn Stephan sitzt, lernt den Genuß einer Zigarette zu schätzen, die sie ein paar Stunden zuvor noch völlig gedankenlos angezündet hätte. Und weil man nicht weiß, wann wieder Feuer gereicht wird, zündet sie sich eine an der anderen an. Auch ihre Nachbarin, die vor sechs Jahren das Rauchen aufgegeben hat, wird wieder zur Kettenraucherin.

Und noch eine Erfahrung macht die junge Mutter aus Berlin in diesen Stunden, in denen sie nicht weiß, wann und wo der Irrflug zu Ende ist:

»Du beginnst dich mit dem Unheil zu arrangieren, sozusagen das Beste aus der Lage zu machen. In Gedanken, weil Sprechen wieder einmal verboten ist, habe ich den vier Terroristen längst so etwas wie Namen gegeben. Die kleinere der Frauen, die mit dem fein geschnittenen Gesicht und der gepflegten Frisur, nenne ich für mich die ›Nette‹. Ihre Komplizin, die kräftigere von beiden, die mit der barschen Stimme und dem flackernden Blick, der Unheil verheißt, ist das ›Teufelsweib‹. Dem schlanken Mann habe ich den Namen der ›Sanfte‹ gegeben – nur weil ich mir einbilde, sein Blick würde Sanftmut verraten. Und weil er einmal im Vorübergehen meinem Sohn über das Haar gestrichen hat. Das muß man sich vorstellen: Ich bin bereit, einen Menschen, der mich und mein Kind bedroht, den ›Sanften‹ zu nennen – nur weil ich die Hoffnung nicht aufgeben will, daß am Ende doch noch alles gut wird.

Den Mann, der die meiste Zeit im Cockpit ist, der uns anschreit und uns Angst einflößt, nenne ich völlig kritiklos ›Anführer‹, weil ich ahne, daß unser aller Leben von ihm abhängt. Ich fange an, mit ihm stumme Zwiegespräche zu führen:

›Verschone uns, denn wir haben dir nichts getan! Schone das Leben meines Kindes, denn es weiß nichts von deinen politischen Zielen und Absichten. Du mußt doch ein Herz haben.‹«

Noch weiß Birgit Röhll nicht, daß Anführer Mahmud die Sprache einer Mutter nicht versteht. Ein paar Stunden später wird er es zynisch durch das Bordmikrofon schreien: »Die Kinder haben das Vorrecht, als erste zu sterben – wenn es soweit ist.«

Und wie reagiert der zehnjährige Stephan auf die Bedrohung und die Furcht der Erwachsenen?

Er sitzt jetzt neben dem 12jährigen Manuel, der mit einer Freundin seiner Mutter Urlaub auf Mallorca gemacht hat. Die beiden Kinder erzählen sich flüsternd Witze, reden von der Schule, von Freunden und von den Eltern. Noch haben sie den Ernst der Situation nicht verstanden, noch kommt die Angst nicht an sie heran.

Aber Stephans Mutter steht zwei Reihen hinter ihrem Sohn tausend Ängste aus, als Manuel plötzlich die Jalousie am Fenster hochzieht, die auf Befehl der Terroristen geschlossen bleiben muß. Das haben inzwischen alle im Flugzeug mitbekommen: Nichts macht die Terroristen wütender als eine Nichtbeachtung ihrer Befehle. Und ausgerechnet in diesem Augenblick heißt es wieder: »Mund halten! Wer redet, wird erschossen!«

Birgit Röhll faltet die Hände, preßt sie zusammen. Die Worte, die sie nicht sagen darf, werden zum stummen Gebet: »Junge, zieh die Jalousie runter!«

Da beugt sich das Kind noch einmal zum Fenster und zieht das Rollo wieder herunter.

Die Insassen der Boeing 737, die keinen Blick nach draußen werfen dürfen, wissen nicht, daß sie inzwischen in Bahrain gelandet sind.

Nur eine Stunde und vierzig Minuten steht der City-Jet »Landshut« auf dem Flughafen von Bahrain – Zeit genug für Anführer Mahmud, dem Flughafendirektor über Funk seine Forderungen zu erklären:

»Freilassung von neun Gefangenen aus deutschen Gefängnissen, um der Entführung von Schleyer Nachdruck zu verleihen, sowie zweier palästinensischer Gefangener im Gewahrsam der türkischen Regierung.« Gleichzeitig fordert er das Auftanken des Flugzeugs.

Der Flughafendirektor gibt diesem Wunsch nach. Und um 3.34 Uhr hebt der City-Jet erneut von der Rollbahn ab, und niemand kennt sein Ziel . . .

Seit 2 Uhr befindet sich Bundeskanzler Schmidt in dieser Nacht zum Freitag im Arbeitszimmer von Innenminister Maihofer. Tiefe Schatten liegen unter seinen Augen. Die endlosen Beratungen in den Krisenstäben, die Verantwortung, die ihm vom Schicksal aufgebürdet wurde, sind nicht spurlos an ihm vorübergegangen. Und immer noch mag er sich nicht nach Hause fahren lassen.

Der Tag bricht an, als der Präsident des Bundeskriminalamtes Horst Herold die Tonbandaufzeichnung einer telefonischen Nachricht an den Genfer Rechtsanwalt Payot, die in englischer Sprache erfolgte, ins Lagezentrum des Bundeskanzlers bringt. Endlich wieder eine Nachricht der Schleyer-Entführer. Sie teilen mit:

> »Wir haben Helmut Schmidt jetzt genug Zeit gelassen, um sich in seiner Entscheidung zu winden zwischen der amerikanischen Strategie der Vernichtung von Befreiungsbewegungen in Westeuropa und der dritten Welt und dem Interesse der Bundesregierung, den zur Zeit für sie wichtigsten Wirtschaftsmagnaten eben für diese imperialistische Strategie nicht zu opfern. Das

Ultimatum der Operation Kofr. Kaddum (phonetisch) und das Kommando Martyr Halimeh (gemeint sind die Flugzeugentführer) und das Ultimatum Siegfried Hausner der RAF sind identisch. Das Ultimatum läuft am Sonntag, dem 16. Oktober 1977, um 8.00 GMT ab. Wenn bis zu diesem Zeitpunkt die elf geforderten Gefangenen ihr Ziel nicht erreicht haben, wird Hanns-Martin Schleyer erschossen.

Nach 40 Tagen Gefangenschaft von Schleyer wird es eine Verlängerung des Ultimatums nicht mehr geben. Ebenso keine weitere (Rest des Satzes verzerrt, nicht verständlich!). Jegliche Verzögerung bedeutet den Tod Schleyers. Um eine zeitliche Komplikation zu vermeiden, ist es nicht notwendig, daß Pastor Niemöller und Rechtsanwalt Payot die Gefangenen begleiten. Die Bestätigung der Ankunft der Gefangenen erhalten wir auch ohne die Bestätigung der Begleitpersonen. Nachdem wir die Bestätigung erhalten haben, wird Schleyer innerhalb von 48 Stunden freigelassen. Freiheit durch bewaffneten, anti-imperialistischen Kampf! Kommando Siegfried Hausner, Rote Armee Fraktion.«

Die Boeing 737 fliegt inzwischen in Richtung Dubai. Um 4.45 Uhr erfährt der Krisenstab der Lufthansa in Frankfurt, daß die Landebahn von Dubai auf Weisung des Staatspräsidenten geschlossen worden ist. Zehn Minuten später kann Flugkapitän Jürgen Schumann noch einmal seiner deutschen Gesellschaft über Funk die alarmierende Auskunft geben: »Mein Treibstoff reicht nur noch für eine Stunde. Flughafen Dubai meldet sich nicht. Ich habe keinen Bodenkontakt.«

Im Tower des internationalen Flughafens von Dubai werden die Ferngläser zum Himmel gerichtet, an dem ein neuer Tag heraufdämmert. Die Männer in dem

Turm sehen die Positionslampen der »Landshut«, die über ihren Köpfen weite Kreise zieht. Unten auf der Rollbahn stehen Feuerwehrautos, die eine Landung verhindern sollen.

Plötzlich erklingt durch den Tower-Lautsprecher die erregte Stimme von einem der Entführer: »Wir landen.«

Die Boeing 737 kommt immer näher. Bis zu ihrem Aufsetzen werden höchstens fünf Minuten verbleiben. Da vergißt der verantwortliche Mann im Kontrollturm den strengen Befehl seines Staatspräsidenten und läßt die Feuerwehrautos zurückziehen, um eine furchtbare Katastrophe zu verhindern.

Um 5.51 Uhr rollt die »Landshut« auf dem Flughafen von Dubai aus. Sofort fahren die Feuerwehrwagen wieder an, bleiben aber fast respektvoll in einem größeren Abstand zur Maschine stehen. Denn inzwischen hat sich der Sprecher der Entführer, Mahmud, wieder gemeldet:

»Niemand darf sich der Maschine nähern, sonst wird geschossen!«

Er wolle nur mit »authorized persons« verhandeln.

Die Antwort vom Kontrollturm: »Autorisierte Personen sind unterwegs.«

An diesem Freitagmorgen erhalten die Redaktionen der Pariser Zeitung »France-Soir«, der »Frankfurter Rundschau« und die Beiruter Vertretung der britischen Nachrichtenagentur Reuter Botschaften gleicher Absender.

Der Wortlaut der an die deutsche Bundesregierung gerichteten Schreiben der Flugzeugentführer und des Kommandos Siegfried Hausner:

»Das Ultimatum an den Kanzler der Bundesrepublik Westdeutschland. Hiermit teilen wir Ihnen mit, daß sich die Passagiere und die Besatzung des LH-737-Flugzeugs, Flug-Nr. 181, von Palma nach Frankfurt, unter unserer vollständigen Kontrolle und Verantwortung befinden. Das Leben der Passagiere und der Besatzung ebenso wie das Leben von Herrn Hanns-Martin Schleyer hängt davon ab, daß Sie folgendes erfüllen:

1. Freilassung der folgenden Genossen der RAF aus Gefängnissen in Westdeutschland: Andreas Baader, Gudrun Ensslin, Jan-Carl Raspe, Verena Becker, Werner Hoppe, Karl-Heinz Dellwo, Hanna Krabbe, Bernhard Krössner, Ingrid Schubert, Irmgard Möller, Günter Sonnenberg, und für jeden die Summe von 100 000 DM.

2. Freilassung der folgenden palästinensischen Genossen der P.F.L.P aus dem Gefängnis in Istanbul – Mahdi und Hussein.

3. Die Zahlung der Summe von 15 Millionen US-Dollar entsprechend der beigefügten Anordnung.

4. Vereinbaren Sie mit irgendeinem der folgenden Länder, alle aus dem Gefängnis freigelassenen Genossen aufzunehmen:

1) Demokratische Republik Vietnam
2) Republik Somalia
3) Demokratische Volksrepublik Jemen.

5. Die deutschen Gefangenen müssen mit dem Flugzeug, das Sie zur Verfügung zu stellen haben, an ihr Ziel geflogen werden. Sie müssen über Istanbul fliegen, um die beiden palästinensischen Genossen aufzunehmen, die aus dem Gefängnis in Istanbul freigelassen werden. Die türkische Regierung ist über unsere Forderungen in Kenntnis gesetzt worden. Alle Gefangenen müssen ihr Ziel vor Sonntag, 16. Oktober 1977,

8 Uhr GMT, erreichen. Das Geld muß entsprechend den beiden Anordnungen innerhalb der gleichen Zeit übergeben werden.

6. Wenn nicht alle Gefangenen freigelassen werden und ihren Bestimmungsort erreichen, und wenn das Geld nicht entsprechend der Anordnungen innerhalb der genannten Zeit übergeben worden ist, dann werden Herr Hanns-Martin Schleyer und alle Passagiere und die Besatzung des Flugzeugs LH 737, Flug.-Nr. 181, sofort getötet.

7. Wenn Sie unsere Anordnungen erfüllen, werden alle freigelassen.

8. Wir werden uns nicht noch einmal mit Ihnen in Verbindung setzen. Das ist unser letzter Kontakt zu Ihnen. Jeder Irrtum oder Fehler bei der Freilassung der oben erwähnten Genossen, die im Gefängnis sitzen, oder bei der Übergabe des genannten Lösegeldes entsprechend der genannten Anordnungen, geht auf Ihr Konto.

9. Jeder Versuch der Verzögerung oder Täuschung von Ihrer Seite bedeutet die sofortige Beendigung des Ultimatums und die Hinrichtung von Herrn Hanns-Martin Schleyer und aller Passagiere und der Mannschaft des Flugzeugs.

13. 10. 1977 S.A.W.I.O.«

Der Teufelskreis der beiden Entführungen hat sich geschlossen. Als wollten sie demonstrieren, daß es genügend Länder gibt, die freigepreßte Terroristen aufnehmen, nennen die Flugzeugentführer gleich drei Länder als Anlaufstationen für die deutschen Häftlinge: die Demokratische Volksrepublik Jemen, die aus der ehemaligen britischen Kronkolonie Aden und dreiundzwanzig Scheichtümern gebildet wurde, die Demokratische Republik Vietnam – also das wiedervereinigte Nord- und Südvietnam mit seinen 50 Millionen Einwohnern – und die Republik Somalia, die aus ehemaligen italienischen und britischen Besitzungen entstand.

Übernächtigt und schwer atmend tritt an diesem Freitag, dem 14. Oktober 1977, Regierungssprecher Klaus Bölling vor die Journalisten, sucht für einen kurzen Moment nach den richtigen Worten, um dann zu erklären:

»Wir wissen, daß wir unter dem Druck eines sehr ernst gemeinten Ultimatums stehen. Bonn wird nichts unversucht lassen, um doch noch eine Lösung der Vernunft und der Menschlichkeit zu erreichen. Unverändertes Ziel ist es, das Leben der 82 Passagiere, der fünfköpfigen Besatzung und von Hanns-Martin Schleyer zu retten.«

Der Regierungssprecher, der in den vorangegangenen Tagen wegen der von der Bundesregierung verhängten Nachrichtensperre wortkarg und schweigsam wirkte, gibt jetzt zum erstenmal Einzelheiten aus der Chronologie der Entführung von Mallorca nach Dubai preis. Dann unterbricht er die minuziöse Schilderung des dramatischen Zeitablaufs und enthüllt eine Sensation: An Bord der Maschine, die den Entführern nach Zypern gefolgt und zu spät gekommen war, hatten sich nicht nur Experten des Bundeskriminalamtes, sondern auch bewaffnete Mitglieder der Anti-Terror-Einheit GSG 9 befunden.

Wörtlich sagt Klaus Bölling dazu:

»Lassen Sie mich den Sachverhalt kurz erläutern, weil er ja einige politische Bedeutung hat.

Schon aus meinem Vortrag der Chronologie bis zu die-

sem Punkt entnehmen Sie, daß das Verhalten, die Artikulation der Entführer auf uns den Eindruck eines nicht sehr rationalen Verhaltens machen mußte. Selbstverständlich haben alle Mitglieder im Lagezentrum des Bundesinnenministeriums und nachher im kleinen Beraterkreis unter Vorsitz des Bundeskanzlers Querverbindungen, unmittelbare oder weitere Zusammenhänge mit dem Fall Schleier nicht ausgeschlossen. Aber bis zu diesem Augenblick, wenn man den Raster früherer sozusagen politisch motivierter Hijacking-Fälle darauflegt, konnte man dessen nicht sicher sein. Unter diesen Umständen haben wir es nach gründlicher Überlegung für richtig gehalten, eine Maschine nach Zypern zu schicken mit BKA-Experten und – ich will hier weiteren Fragen zuvorkommen – auch mit Mitgliedern der Anti-Terror-Einheit GSG 9. Dabei stand eisern fest, daß ein Eingreifen dieser natürlich bewaffneten Mitglieder der Spezialtruppe des Bundesgrenzschutzes überhaupt nur in Betracht komme, wenn die an Ort und Stelle für alles, was dort geschehe, verantwortliche Regierung um deren Hilfe bittet.
Ich glaube, damit habe ich den Sachverhalt hinlänglich klargemacht, und die Tatsache, daß wir eine solche Maschine für den Fall, daß die dortigen Autoritäten unsere Hilfe benötigen, gegen jedes politische Mißverständnis gefeit.«

Nach dieser Pressekonferenz eilen die Journalisten in die Redaktionsbüros, um die Landung bewaffneter Grenzschutzbeamter auf Zypern zu melden.

In seinem Arbeitszimmer in der 11. Etage des Innenministeriums hat Innenminister Maihofer am Morgen dieses schwarzen Freitags nur zwei Stunden auf einem harten Feldbett geschlafen, das der Bundesgrenzschutz im Lagezentrum aufgeschlagen hat.

Um 8 Uhr tagt der kleine Krisenstab unter Leitung des Bundeskanzlers. Kaffee und Tee werden für die übernächtigten Politiker bereitgehalten. Schmidt hält sich mit Cola fit.

Nach dem kleinen Krisenstab tagt das Kabinett. Justizminister Vogel, der an diesem Tag nach Portugal hatte reisen wollen, kehrt an den Beratungstisch zurück. Außenminister Genscher telefoniert von Peking aus mit Helmut Schmidt. Die beiden Politiker einigen sich darauf, daß der Außenminister seinen Besuch in der Volksrepublik planmäßig erst am Sonntag beenden soll.

Aber Verkehrsminister Gscheidle wird aus Moskau zurückgeholt.

Die Sitzung des großen Krisenstabes muß um eine Stunde auf 12 Uhr verschoben werden, weil CSU-Chef Strauß und sein Parteifreund Zimmermann nicht rechtzeitig aus München in Bonn eintreffen können. Strauß hat seit längerer Zeit eine Reise nach Saudi-Arabien geplant, die er am nächsten Tag antreten will. In der großen Krisenrunde stellt er die Frage: »Soll ich in dieser Situation fahren oder nicht?«

Und alle sind sich einig, daß die Reise in das Land, das großen Einfluß in den Vereinigten Emiraten am Persischen Golf hat, der Sache der Bundesregierung nur dienen könne.

Während die Politiker aller Parteien im Kabinettssaal hinter verschlossenen Türen ihre geheimen Beratungen fortsetzen, brodelt Bonn über von Spekulationen und Gerüchten. Fragen werden gestellt: »Warum hat die italienische Regierung nicht den Start der Boeing 737 von Rom aus verhindert? Warum ist man auf den Vorschlag nicht eingegangen, notfalls die Reifen des Flugzeugs zu zerschießen? Und wie konnte es kommen, daß die Sondermaschine mit den Beamten des Bundeskriminalamtes und der Terroristenabteilung des Bundesgrenzschutzes GSG 9 so lange auf die Landeerlaubnis wartend, über Zypern kreisen mußte, bis die Maschine der Entführer wieder gestartet war?«

Bei den Mitgliedern des Krisenstabes macht das Wort von den »Fehlleistungen befreundeter Regierungen« die Runde, die die Politiker mit »gerechtem Zorn« erfüllen.

Rund 4000 Kilometer Fluglinie von Bonn entfernt lernt Birgit Röhll an Bord der Boeing 737 kennen, was das ist: Todesangst.

Im vorderen Teil der Maschine haben die Terroristen das Handgepäck der 82 Passagiere kontrolliert. Dann wird die junge Mutter aus Berlin über den Bordlautsprecher aufgerufen und aufgefordert, nach vorn hinter den Vorhang zu kommen.

Nur 28,56 Meter ist der City-Jet insgesamt lang, entsprechend kurz der Weg durch den Gang in die 1. Klasse. Aber Birgit Röhll erscheinen diese wenigen Schritte unendlich weit.

Tausend Gedanken überstürzten sich in ihrem Kopf. Ein letzter Blick zu Stephan, der jetzt zum erstenmal Angst fühlt. Bis eben war er noch so etwas wie ein kleiner Held, nun weint er.

Birgit Röhll denkt: »Was wollen sie von mir? Was haben sie in meiner Handtasche gefunden? Womit habe ich ihren Argwohn erregt?« Sie versucht sich an den Inhalt ihrer Tasche zu erinnern, aber ihr Gedächtnis funktioniert nicht mehr. Alles ist wie weggeblasen. Nichts ist mehr da, was einem Hoffnung machen könnte.

Sie zieht den Vorhang zur Seite und steht Mahmud, dem Anführer, gegenüber. Breitbeinig baut er sich vor ihr auf. In der linken Hand hält er die Pistole, in der rechten einen schwarzen Füllfederhalter. Sein Gesicht ist vor Haß verzerrt. Er hält Brigitte Röhll das Schreibgerät vor die Augen, so daß sie den weißen Stern, das Markenzeichen der Herstellerfirma, sehen kann.

Mit Gewalt zwingt er sie vor ihm auf die Knie. »Was bedeutet dieser Stern?« schreit er sie an. Er wartet die Antwort nicht ab, sondern sagt: »Das ist ein Judenstern!«

Sie will ihm erklären, daß es sich bei dem Zeichen um ein harmloses Warenzeichen handelt. Aber jetzt, da es darauf ankommt, einen Irrtum aufzuklären, der ihr das Leben kosten kann, fällt ihr die Herstellerfirma des Füllhalters vor Aufregung nicht mehr ein. Ihre Lippen bleiben verschlossen.

Da schlägt der Anführer der Terroristen ihr mit der flachen Hand in das Gesicht und bespuckt sie. Und mehr noch als der Schmerz trifft sie die Erniedrigung.

Im Führerschein der Berlinerin entdeckt Mahmud, daß Birgit Röhll eine geborene »Grünewald« ist. Dieser Name ist für ihn gleichbedeutend mit »Jude«.

»Ich bin keine Jüdin«, stammelt sie. Sie, die immer bereit war, gegen Ungerechtigkeit und Rassendiskriminierung einzuschreiten, ist jetzt fast so weit, daß sie alles verraten würde, an was sie bisher glaubte.

Denn hinten im Flugzeug sitzt Stephan, ihr Sohn, der sie braucht.

Sie darf sich wieder hinsetzen. Aber wenige Minuten später wird das Todesurteil über Bordlautsprecher verkündet. Mahmud, der Terroristenchef, erklärt, er habe drei Passagiere als zionistische Sympathisanten entlarvt, nennt die Namen, und unter ihnen ist Birgit Röhll. »Sie haben sich morgen um 8 Uhr bei mir unaufgefordert zu melden. Sie werden exekutiert.«

Er sagt »exekutiert« und nicht »ermordet«, weil er sich für einen Soldaten hält, der Krieg führt.

Birgit Röhll versucht sich einzureden, daß das ein böser Traum ist, der gleich zu Ende geht. Aber dann hört sie wieder einen Befehl – laut und haßerfüllt: »Mund halten und still sitzenbleiben«, und sie weiß, daß alles Wirklichkeit ist.

Jetzt ist es Flugkapitän Schumann, der aus unerfindlichen Gründen Mahmuds Zorn erregt hat. Vielleicht, weil ihn die ruhige, besonnene Art dieses Mannes reizt.

Im Mittelgang muß er niederknien. Mit dem Knauf seiner Pistole schlägt Mahmud dem Mann ins Gesicht, so daß sein Kopf unwillkürlich zur Seite fliegt.

»Wer weint, wird erschossen«, sagt Schumanns Peiniger und sieht sich beifallheischend um. Ein teuflisches Grinsen huscht über sein Gesicht.

Dann schlägt er noch einmal zu und ein drittes Mal. Erst danach darf der Kapitän aufstehen.

Er wischt sich mit dem Handrücken das Blut von den Lippen. In seinen Augen steht Verachtung.

Die Terroristen sind inzwischen dazu übergegangen, sich untereinander mit Nummern anzureden. Nur der Chef hat einen Namen: Mahmud. Sein Komplize ist Nummer 18. Wenn der Chef »Nummer 32« ruft, kommt die kleinere der beiden Frauen. Die andere hört auf »Nummer 33«.

»Das sind ja Roboter, herzlose Roboter. Denn nur Roboter haben keine Namen, nur Nummern«, denkt Waltraud Gross, die die Augen geschlossen hielt, als der Kapitän geschlagen wurde. Nur das Klatschen hat sie gehört und das Aufseufzen ihrer Nachbarin, die vor Empörung am ganzen Körper zitterte.

»Bleiben Sie ruhig«, flüstert ihr Waldtraud Gross verstohlen zu. Sie befürchtet, daß die Frau im geblümten Kleid gleich die Nerven verliert.

Noch nie zuvor sind sich Bonns Politiker so einig gewesen wie an diesem Freitag. Die Entscheidung fällt schwer: Gibt die Bundesregierung den Forderungen der Terroristen nach, so rettet sie vielleicht damit das Leben der Geiseln im Flugzeug und das des Präsidenten der Arbeitgeberverbände, aber die Erfahrung hat gelehrt, daß die freigelassenen Terroristen nach kurzer Zeit wieder in die Heimat zurückkehren und noch Furchtbareres anrichten.

Wie im Fall der Entführung des Berliner CDU-Politikers Lorenz. Um ihn zu retten, hatte man Terroristen freigelassen und in den Jemen geflogen. Sie, die bis dahin Randfiguren der Terrorszene gewesen waren, kamen heimlich zurück und beteiligten sich an schrecklichen Bluttaten.

Diesmal bleibt Bonn hart. Notfalls müssen Opfer hingenommen werden. Bundeskanzler Schmidt, der von den Führern der Opposition Rückendeckung erhält, übernimmt die Verantwortung dafür, daß die Ultimaten der Terroristen unberücksichtigt bleiben.

Mit dieser Grundsatzentscheidung schickt die Bundesregierung einen Mann auf die Reise, den die breite Öffentlichkeit nur bruchstückhaft kennt: Staatsminister Hans-Jürgen Wischnewski.

Sie nennen ihn »Ben Wisch«. Den Spitznamen hat der SPD-Politiker erhalten, als er während der Regierungszeit Adenauers als Beobachter am algerischen Freiheitskampf teilgenommen hat, um Informationen aus erster Hand zu sammeln. Die Legende sagt, er habe damals zeitweise die Kriegskasse der Befreiungsbewegung mit weit über einer Million Mark aufbewahrt und bewacht. Den rechten Sachverhalt legte Wischnewski noch einmal in einem Fernsehinterview dar – demnach war es wohl doch nicht die »Kriegskasse« und ein Betrag in solcher Höhe, doch die Beziehungen blieben natürlich bestehen.

Der schwergewichtige 55jährige Ostpreuße ist der bedeutendste Kontaktmann der Bundesrepublik zur arabischen Welt. Seine Überzeugungskraft, sein geschicktes Taktieren, die glaubwürdige Beredsamkeit haben sich schon mehr als einmal bewährt. Jetzt setzt Bonn erneut auf die rechte Hand des Kanzlers. Am Persischen Golf soll er versuchen, mit der Regierung der Vereinigten Emirate und den vier Entführern in der Maschine ins Gespräch zu kommen, um das Leben der Passagiere und Besatzungsmitglieder zu retten.

Wischnewski ist erst kürzlich von einer geheimen Mission im Entführungsfall Schleyer in die Bundeshauptstadt zurückgekehrt. In Algerien und im Südjemen hat er die Bereitschaft der Regierungen sondiert, deutsche Terroristen aufzunehmen.

Als Hans-Jürgen Wischnewski an diesem Freitagnachmittag in Köln-Wahn die Sondermaschine vom Typ Boeing 707 besteigt – federnd und voller

Energie –, weiß niemand, ob der ehemalige Metallarbeiter, Sohn eines Bergarbeiters und späteren Zollinspektors, noch einmal das Wunder vollbringen kann, das er vor sieben Jahren bei einer Flugzeugentführung schaffte.

Arabische Freischärler hatten damals – im September 1970 – drei Passagiermaschinen gekapert und sie zur Landung auf dem jordanischen Wüstenflugplatz Dawson's Field gezwungen. Unter den 427 Geiseln befanden sich auch zwei Deutsche, die der damalige SPD-Bundesgeschäftsführer an Ort und Stelle retten sollte. Ihm gelang es, noch am Abend seiner Ankunft wichtige Vertreter der Palästinenser-Organisation »Roter Halbmond« zu treffen, die ihm Kontakte zu den deutschen Geiseln ermöglichten. Während der Befreiungsaktion, die dann schließlich ein glückliches Ende nahm, wurde der Abgesandte Bonns von dem Bürgerkrieg in Jordanien überrascht. Siebzehn Tage lang saß Ben Wisch in der Fremde fest.

Diesmal reist Hans-Jürgen Wischnewski nicht allein. In seiner Maschine sitzen Vertreter des Bundeskriminalamtes und Beamte des Bundesgrenzschutzes, bewaffnet zwar, aber in Zivil.

Feuchte Hitze schlägt dem Bonner Emissär entgegen, als er in Dubai behende aus dem Flugzeug steigt. Einer der ersten, der ihn auf dem Weg zum Tower begrüßt, ist der Journalist Wolfgang Stockklausner, einer der Männer, um dessen Sicherheit und Befreiung sich der Staatsminister vor sieben Jahren in Jordanien bemüht hat.

Ein gutes Omen?

Oben im Tower trifft der deutsche Politiker einen Mann im weißen Burnus mit umgehängtem Fernglas, der seit Stunden mit dem Chef der Luftpiraten um die Freilassung von Frauen und Kindern ringt: Muhammad Ibn Raschid Al-Maktum, Verteidigungsminister der Vereinigten Arabischen Emirate, Sohn des Präsidenten Scheich Sajed.

In dessen Namen und im Namen aller Bewohner der Arabischen Emirate ruft der Verteidigungsminister die Terroristen auf, wenigstens die Kinder, die Frauen und die Kranken freizulassen.

»Im Namen Allahs, laßt sie frei!« ruft der bärtige Minister im weißen Burnus in das Mikrofon.

Luftpirat Mahmud antwortet mit einer Höflichkeit, die in dieser Situation fast grotesk wirkt: »Wir danken allen Regierungsvertretern der VAE (Vereinigten Arabischen Emirate) für ihre Zusammenarbeit. Wir bedauern aufs höchste, daß wir Ihre Bitte abschlagen müssen. Wir haben keinerlei Instruktionen aus unserer Befehlszentrale, um darauf einzugehen.«

Schon vorher hat Mahmud durchblicken lassen, daß sich die Zentrale in dem früheren Flüchtlingslager Tel Saatar in Beirut befindet.

Noch gibt der Scheich nicht auf: »Wir haben versucht, Ihre Zentrale zu lokalisieren, Ihre Zentrale zu finden. Doch wir hatten keinen Erfolg.«

Und noch einmal: »Im Namen Allahs, des Barmherzigen, und im Namen der Menschlichkeit, laßt doch wenigstens die Kinder frei!«

Luftpirat Mahmud erwidert: »Erst müssen die deutschen und türkischen Behörden unsere Freunde aus dem Gefängnis entlassen.«

Da zuckt der Mann im Tower mit den Schultern und erklärt: »Dies steht nicht in unserer Macht. Wir haben weder aus der Bundesrepublik noch aus der Türkei darüber etwas gehört.«

Entführer Mahmud: »Wie können Sie dann von mir erwarten, daß ich die Geiseln freigebe.«

Die 82 Passagiere in der Boeing 737 sprechen leise vom Sterben, wenn sie überhaupt reden dürfen. Eine Tochter fragt ihren Vater: »Wie ist das, wenn einen die Kugel trifft?«

Irgendwann stöhnt eine alte Frau auf. »Warum machen sie denn nicht endlich Schluß!« Aber dann sieht sie die drohend erhobenen Handgranaten in den Händen der Terroristen und freut sich, daß sie noch am Leben ist.

Birgit Röhll, die vom Anführer Mahmud bespuckt und geschlagen wurde, denkt daran, daß sie am nächsten Morgen sterben soll, nur weil ein harmloses Zeichen auf ihrem Füllhalter die Entführer in Wut versetzte. Und sie weiß nicht, wie viele Stunden ihr noch bleiben.

»Ist es noch Tag oder schon Nacht? Durch die geschlossenen Rollos an den Fenstern fällt kein Licht. Ich schwitze – ich schwitze vor Angst. Warum schaut mich die eine der Entführerinnen ständig an? Was geht hinter ihrer Stirn vor? Sie ist eine Frau wie ich. Vielleicht hat sie sogar ein Kind. Soll ich sie danach fragen? Besser nicht. Ich muß auf die Toilette – jetzt sofort. Mein Körper gehorcht mir nicht mehr. Warum wage ich es nicht, die Hand zu heben und damit anzuzeigen, daß ich aufstehen muß? Nur weil die befohlen haben, daß die Toiletten jetzt nicht benutzt werden dürfen?

Mein Kind – was wird aus meinem Kind, wenn sie mich erschießen? Ich gebe es nicht her. Ich will nicht von Stephan getrennt werden. Lieber Gott, laß nicht zu, daß uns etwas passiert. Behüte und beschütze uns.« Birgit Röhll lernt wieder das Beten.

Flugkapitän Jürgen Schumann geht durch den Gang an den Passagieren vorbei, die ihm anvertraut sind und für die er jetzt nichts tun kann. Die Frau aus Berlin greift nach seiner Hand, läßt sie nicht los und sieht ihn bittend an: »Können Sie nicht mit ihm reden? Klären Sie doch die Sache auf!«

Der Kapitän sieht sie verständnisvoll an und sagt: »Ich weiß auch nicht, was in die gefahren ist. Gut, ich will mein Bestes versuchen.«

Es müssen zwei Stunden vergangen sein, als sich Mahmud erneut über das Bordmikrofon meldet: »Die Sache mit den drei Passagieren, die sich morgen bei mir melden sollten, hat sich erledigt.«

Da bricht Birgit Röhll in Tränen aus, gegen die sie bis eben tapfer angekämpft hat. Kurz darauf geht die jüngere der Entführerinnen, die die Berlinerin die »Nette« nennt, an ihr vorbei, bleibt vor ihrem Platz stehen, sieht sie an, und für Bruchteile von Sekunden huscht ein Lächeln über ihr Gesicht, ein Lächeln, das nicht einmal hämisch wirkt. »Jetzt ist ja alles wieder gut«, soll dieses Lächeln wohl sagen.

Und die Mutter registriert erleichtert: Es sind doch Menschen. Sie werden uns nichts tun.

Manchmal zeigen die Terroristen tatsächlich so etwas wie einen Zug von Menschlichkeit. Die Passagiere dürfen sich umsetzen. Raucher nach hinten, Nichtraucher nach vorne. »Das dient Ihrer Bequemlichkeit«, erklärt Mahmud, der Anführer.

Es tut so gut, in diesen angsterfüllten Augenblicken einen vertrauten Menschen neben sich zu haben. Stephans Mutter legt den Arm um die Schultern ihres Jungen, der nun wieder neben ihr sitzen darf, und er, dem das alles so unverständlich erscheint, was da um ihn herum vorgeht, tröstet sie: »Weine nicht mehr, Mutti. Es ist ja vorbei.«

Und so wie Mutter und Sohn gegenseitig die Nähe des anderen suchen, greifen Frauen nach den Händen ihrer Männer, die wieder neben ihnen Platz genommen haben.

Wenn es die Entführer erlauben, tun die drei Stewardessen Hannelore Piegler, Gaby Dillmann und Anna-Maria Staringer ihr Bestes, um die verängstigten Passagiere zu trösten und ihnen die Lage einigermaßen erträglich zu machen.

Aber mehr und mehr verwandelt sich die Kabine des City-Jets in eine stinkende heiße Hölle. Am Mittag zeigte das Thermometer am Flughafengebäude von Dubai 40 Grad Celsius an. Die Luft wird immer stickiger, weil die Entlüftungsanlagen nicht mehr richtig arbeiten.

Ein zuckerkranker Finne braucht dringend Insulin. Ein älteres Ehepaar bittet um ein Kreislaufmittel, aber die Entführer lassen weder einen Arzt an Bord, noch fordern sie Medikamente an.

Und der Ablauf des Ultimatums rückt immer näher.

Vorne im Cockpit schreit Mahmud wilde Flüche in das Mikrofon, das ihn mit dem Tower verbindet.

Scheich Muhammad Ibn Raschid, der Verteidigungsminister, hat angedroht, das Flugzeug von seinen Wüstenfüchsen stürmen zu lassen, die bewaffnet hinter dem Stacheldrahtzaun liegen, der das Flughafengelände abgrenzt.

»Dann sprengen wir die Maschine in die Luft«, ruft

der Terroristenchef wütend. Seine Stimme ist schon heiser geworden.

Die G3-Schnellfeuergewehre der Soldaten in den Khakiuniformen bleiben gesichert.

So bricht die zweite Nacht in diesem Geiseldrama an.

Während die 82 Passagiere im Halbschlaf, aus dem sie immer wieder durch Befehle der Terroristen gerissen werden, seltsame Bilder zu sehen glauben, die ihnen die überhitzte Phantasie vorgaukelt – Alpträume vom qualvollen Tod, Erinnerungsfetzen vergangener Erlebnisse –, erwacht im fernen Stuttgart-Stammheim das Hochhaus hinter Mauern plötzlich zu gespenstischem Leben.

Vor Stunden schon war in der Haftanstalt, die noch in dem Ruf steht, das sicherste Untersuchungsgefängnis der Bundesrepublik zu sein, die Einschließung der Gefangenen erfolgt. In dem Trakt, in dem die Baader-Meinhof-Häftlinge ihre Zellen haben, ruft eine Männerstimme: »Der Kampf ist unser! Bald kommen wir raus!« Trotz strenger Überwachung haben die Gefangenen eine Möglichkeit gefunden, sich über den Stand des Entführungsdramas zu informieren. Schon bereiten sie sich auf die Freiheit vor, die zum Greifen nahe gerückt ist. Es ist nur eine kurze Nachricht, die am Samstagvormittag über Funk im Bonner Kanzleramt eintrifft, aber die schlichten Worte verraten mehr von der Hilflosigkeit der Geiseln in Dubai und ihrem Vertrauen auf Rettung als die Berichte der Zeitungskorrespondenten, die an diesem Morgen in großer Aufmachung erscheinen.

Flugkapitän Jürgen Schumann an Bundeskanzler

Schmidt: »Wir hängen von Ihrer Entscheidung ab. Sie sind unsere letzte Hoffnung. Gezeichnet Schumann.« Bonns Politiker haben keine Zeit, über diesen Appell des Piloten nachzudenken, der sich immer noch für seine ihm anvertrauten Passagiere und für seine Crew verantwortlich fühlt. Eine Sitzung löst die andere ab.

Bei den Beratungen geht es immer wieder um die eine Frage: Wie können wir Zeit gewinnen? Das von den Entführern gesetzte Ultimatum rückt immer näher. Noch haben die Mitglieder der Krisenstäbe die Hoffnung nicht aufgegeben, daß es dem Verteidigungsminister des Emirats Dubai, der in dem Ruf steht, listenreich und redegewandt zu sein, gelingen wird, die Kidnapper zur Aufgabe zu überreden.

Am Mittag betritt ein schlanker junger Mann in einem beigefarbenen Anzug die Empfangshalle des Hotels »Intercontinental« in Frankfurt. In der Reverstasche trägt er auffällig eine modische Sonnenbrille, in der rechten Hand hält er die neueste Ausgabe des Nachrichtenmagazins »Spiegel«. Das ist das Erkennungszeichen für den, den der Hotelgast hier treffen will.

Hanns-Eberhard Schleyer, der älteste Sohn des entführten Arbeitgeberpräsidenten, hat das Luxushotel betreten, um dem Schicksal seines Vaters und zwangsläufig auch dem der Geiseln von Dubai eine neue Wendung zu geben.

Am Vortag hat der junge Rechtsanwalt aus Stuttgart eine Nachricht der Schleyer-Entführer empfangen, die ihm die Bedingungen für die Übergabe von 15 Millionen Dollar mitgeteilt haben.

Natürlich weiß der Sohn des Entführten, daß es mit der Aushändigung dieser riesigen Summe nicht getan ist, daß Geld allein nicht seinen Vater retten kann. Er hat versucht, von den Politikern weitere Zusagen zu bekommen, wollte die Gewißheit haben, daß die »Landshut« nicht ausgerechnet während der Geldübergabe mit Waffengewalt gestürmt wird. Aber genau dieses Versprechen paßt nicht in das Hinhaltekonzept der Bundesregierung.

Dennoch will Hanns-Eberhard Schleyer nichts unversucht lassen. Er hat sich auf eine lange Reise vorbereitet – eine Reise, deren Ziel er nicht kennt, und an deren Ende er die 15 Millionen Dollar aushändigen wird, die er in drei schwarzen Koffern bei sich trägt. Über 130 Pfund wiegt das Handgepäck, das er in das Hotel mitgebracht hat.

Wenn alles klappt, dann wird gleich der Repräsentant der Entführer auf ihn zutreten und ihn ansprechen: »Lassen Sie uns Ihren Vater retten.« Und er wird das vereinbarte Stichwort nennen: »Retten wir meinen Vater.«

Aber zu der seltsamen Begegnung kommt es nicht. In der großen Halle des Intercontinental-Hotels wimmelt es von Journalisten und Reportern, die durch eine Indiskretion von dem Millionengeschäft erfahren haben. Der Jurist wird später noch mehrmals mit dem geheimnisvollen Bevollmächtigten der Entführer seines Vaters telefonieren, wird ihn beschwören, ihm Zeit zu lassen, bis er feste Zusagen der Regierung erhalten hat, aber der Mann am anderen Ende der Leitung, der sich bis dahin durch fast übertriebene Höflichkeit ausgezeichnet hat, erklärt: »Wir sind nicht mehr bereit, die Verzögerungstaktik hinzunehmen. Sehen Sie selber zu, wie Sie mit der Bundesregierung zurechtkommen. Sie haben entweder unseren Forderungen nachzukommen oder die Ihnen angekündigten Konsequenzen zu tragen.«

Doch schon vorher hat Rechtsanwalt Hanns-Eberhard Schleyer einen Schritt unternommen, der in der deutschen Rechtsgeschichte einmalig ist und an dem sich jetzt auch, als er von den Fernseh- und Rundfunkstationen angekündigt wird, die Hoffnungen der Menschen entzünden, die um das Leben ihrer Angehörigen in Dubai bangen. Er ruft das Bundesverfassungsgericht in Karlsruhe an, das durch eine einstweilige Anordnung die Bundesregierung zwingen soll, alle Forderungen der Entführer zu erfüllen, um das Leben des Arbeitgeberpräsidenten zu retten. Wenn sich die Gefängnistore für die Baader-Meinhof-Häftlinge öffnen, dann wären auch die Passagiere der »Landshut« gerettet.

Die türkische Regierung hat bereits vorher durchblicken lassen, daß sie sich mit ihrer Entscheidung über das Schicksal der zwei inhaftierten Terroristen nach den Bonner Entschlüssen richten wird.

In aller Eile werden in Karlsruhe die beiden Senate des Bundesgerichtshofes zu einer Blitzverhandlung zusammengetrommelt, um über den Antrag auf einstweilige Anordnung zu beraten.

Nach der mündlichen Verhandlung in der Sache »Schleyer gegen Bundesrepublik« zieht sich das Gericht zur Beratung zurück.

Erst im Morgengrauen fällt die Entscheidung: Das Bundesverfassungsgericht lehnt den Antrag ab, die Bundesregierung zum Austausch der Häftlinge zu veranlassen. Es bejaht zwar die Verpflichtung des Staates, das Leben seiner Bürger zu schützen, aber es weigert sich, die Regierung in der Wahl der Mittel einzuengen und auf eine bestimmte Verfahrensweise festzulegen. Das würde den Terroristen bei späteren Aktionen die »Arbeit« erleichtern.

Mit diesem Spruch sind auch die Angehörigen der Geiseln von Dubai um eine Hoffnung ärmer geworden.

Die Passagiere der »Landshut« haben eine qualvolle Nacht hinter sich. Die Angst hat sie nicht schlafen lassen. Wenn ihnen vor Erschöpfung die Augen zufielen, dann schreckten sie bald wieder auf, weil es irgendwo in der Kabine Unruhe gab, weil die Terroristen wieder einmal zuschlugen oder drohten. Die Uhren, die sie bei sich tragen, sind bei vielen stehengeblieben. Über den Aufenthaltsort gibt es nur Mutmaßungen, denn noch immer sind die Fenster in der Maschine verhangen. Kapitän Schumann hat es nicht übers Herz gebracht, den Reisenden zu verraten, wo sie am Vortag gelandet sind. Er will sie nicht noch mehr beunruhigen.

Nur Mahmud und seine Komplizen wissen, daß ein neuer Tag, der Samstag, angebrochen ist. Die Türen des Flugzeugs bleiben verschlossen. Die Luft wird immer stickiger und drückender. Die beiden Toiletten sind seit dem Abflug nicht mehr geleert worden und fließen über. Vor den Türen zu den Waschräumen bilden sich übelriechende Lachen. Wer mit Erlaubnis der Entführer die engen Toilettenräume betreten will, muß gegen den Ekel ankämpfen.

In dieser Situation denkt sich der Anführer ein sadistisches Spiel aus. Kapitän Schumann und zwei Passagiere müssen zu ihm nach vorne kommen und vor ihm niederknien.

Er gibt den dreien, die ihm gnadenlos ausgeliefert sind, Nummern: Schumann ist »Zero one« – »Null eins«. Die beiden anderen erhalten die Ziffern »Zero« und »Zero two« – »Null« und »Null zwei«. Nach der Einteilung dürfen sie wieder Platz nehmen. Aber jetzt erst beginnt das auf Erniedrigung zielende makabre Spiel.

Mahmud ruft über den Bordlautsprecher: »Zero one«, und Schumann springt auf, rennt zu ihm, kniet wieder vor ihm nieder und blickt auf die entsicherte Pistole, die der Terroristenchef auf ihn richtet. Sein Gesicht verzerrt sich zu einem Grinsen. Zähneknirschend kehrt der deutsche Flugkapitän zu seinem Platz zurück. Jeder Widerstand ist zwecklos und würde die Passagiere gefährden.

Und wieder hören die Passagiere Mahmuds Stimme: »Zero two.« So geht das eine Viertelstunde lang. Die 87 Menschen an Bord der »Landshut«, die in der unerträglichen Hitze nach Atem ringen, deren schweißnasse Kleider an den Körpern kleben und dort schmerzhafte juckende Entzündungen auslösen, müssen erkennen, daß der Mann, der da breitbeinig vor ihnen steht, völlig unberechenbar ist. Seine Launen wechseln von einer Minute zur anderen.

Dem sadistischen Nummernspiel folgt eine Aktion, mit der keiner gerechnet hat: Über Funk bestellt der Anführer im Tower luftige Kleider, Getränke, Eßwaren, Spielwaren und zusätzlich eine große Torte mit Kerzen.

Der Mann, der im Turm des Flughafens von Dubai am Funkgerät Dienst tut, glaubt sich verhört zu haben.

»A cake?« fragt er ungläubig zurück. Mahmud wiederholt, als sei es das Selbstverständlichste von der Welt, daß Terroristen ihre Geiseln mit Süßigkeiten verwöhnen: »Yes, a cake, a birthdaycake – ein Geburtstagskuchen.«

Stewardeß Anna-Maria Staringer wird an diesem Tag 29 Jahre alt.

Männer bringen daraufhin die Torte und die anderen Sachen, legen sie behutsam vor dem Flugzeug ab und verschwinden wieder. Erst dann wagen sich die Entführer ins Freie. Für eine kurze Zeit wird die Tür der Maschine geöffnet, aber statt des erhofften frischen Luftzugs dringt ein Schwall feuchter Hitze in die Kabine.

Für Elisa van der Elst, die Stewardeß bei der spanischen Chartergesellschaft TAE, ist dieser kurze Blick ins Freie ein Himmelsgeschenk.

Sie sieht den wolkenlosen Himmel, die Sonne, die jetzt fast senkrecht über dem Flughafen steht, die Sandmulden, in denen bewaffnete Soldaten liegen, und auf geheimnisvolle Weise fühlt sie sich von diesem Anblick beruhigt: »Draußen geht alles seinen Gang. Sie haben uns noch nicht vergessen.«

Die Tür wird wieder geschlossen. Mahmud besteht darauf, daß die riesige Torte von einer Stewardeß durch den Mittelgang getragen wird, damit jeder sie bewundern kann. Die verängstigten verschwitzten Männer und Frauen, Greise und Kinder starren auf das Kunstwerk aus Teig und Zuckerguß. Sie klatschen in die Hände, als sei ihnen allen das schönste Geschenk ihres Lebens beschert worden.

Der Kuchen macht ihnen allen wieder Hoffnung. Im Kopf der spanischen Stewardeß, für die dieser Flug auch eine Urlaubsreise sein sollte, überstürzen sich die Gedanken:

»Sie sind doch nicht so schlimm und grausam wie ich

geglaubt habe. Hätten sie sonst an den Geburtstag der Kollegin gedacht? Sie müssen doch einen Funken Herz haben. Ich muß mich zu einem Lächeln zwingen, damit sie sehen, daß ich ihre Großzügigkeit zu schätzen weiß. Die anderen tun es ebenso, bedanken sich, wenn sie, die eben noch erschossen werden sollten, fünf Minuten später begnadigt werden. Sogar der deutsche Kapitän hat es durch den Bordlautsprecher bekanntgegeben: »Im Namen der drei Passagiere, die Sie verschont haben, und in unser aller Namen danke ich Ihnen! Oder war das nur alles Taktik, die die Entführer in Sicherheit wiegen sollte? Egal – ich werde lächeln – auch wenn es schwerfällt.«

Jeder Reisende wird ein Stück von dem großen Kuchen abbekommen. Und in der Bordküche finden sich noch drei Flaschen Sekt, die unter den Passagieren aufgeteilt werden sollen. Für jeden einen Schluck.

Doch von einer Minute zur anderen ist die Geburtstagsparty an Bord zu Ende. Plötzlich schreit Mahmud mit wutverzerrtem Gesicht: »Hinsetzen! Anschnallen. Hände hinter den Köpfen verschränken und den Mund halten. Wer redet, wird erschossen.«

Irgend etwas hat das Mißtrauen des Anführers erregt. Sein flackernder Blick streift die Verängstigten. Er ist wie ein wildes Tier, das gleich zum Sprung auf sein Opfer ansetzen wird. Dann dreht er sich um, greift nach dem rechten Arm des Copiloten und reißt ihm die Armbanduhr vom Handgelenk.

»Welche Religion hast du?« fragt er und läßt Jürgen Vietor gar nicht zu Wort kommen. Auf dem Zifferblatt hat er einen Stern entdeckt, und darum soll Jürgen Vietor jetzt sterben. »Ich werde dich töten.«

Angewidert wirft er die Uhr zu Boden und zwingt

den Copiloten, sie zu zertreten. Mahmud vollendet das sinnlose Zerstörungswerk mit dem Knauf seiner Pistole und mit dem Notbeil, das unter der Tür hängt.

So schnell die Wut von ihm Besitz ergriffen hat, so schnell ist sie wieder verraucht. Mahmud macht eine lässige Handbewegung und sagt lächelnd: »Ich schenke dir dein Leben.«

Auch Jürgen Vietor hat inzwischen dazugelernt. Er dankt ihm für die Begnadigung.

Die Torte wird angeschnitten und stückweise verteilt. Sie haben seit Stunden nichts Richtiges mehr gegessen, die Bordverpflegung ist zu Ende gegangen. Aber die Torte will den Passagieren der »Landshut« nicht schmecken. Sie würgen sie angewidert hinunter, nur um nicht den Unwillen der Terroristen zu erregen.

Birgit Röhll wird seit dem Zwischenfall mit dem Copiloten nur von einem einzigen Gedanken geplagt:

»Das Buch von Remarque – es steckt noch immer in dem Netz vor dem Platz, auf dem sie bei Beginn dieser dramatischen Reise gesessen hat. Was werden die Terroristen tun, wenn sie es finden? War Remarque Jude? Kann mir der Roman gefährlich werden? Die Angst ist wie ein Schneeball, der einen verschneiten Abhang hinunterrollt und dabei immer größer wird, bis die Last unerträglich geworden ist. Sie erdrückt dich, so daß du keine Luft mehr zum Atmen hast.«

Irgendwann im Verlauf dieser qualvollen Stunden findet die Mutter aus Berlin Gelegenheit, das Buch in einem unbewachten Augenblick an sich zu nehmen und in den bereitgestellten Müllbeutel zu werfen. Aber die Furcht vor Entdeckung bleibt.

Einige hundert Meter vom Schauplatz des Dramas entfernt an Bord der Boeing 707, die Staatsminister Wischnewski nach Dubai gebracht hat, beugen sich Experten des Bundeskriminalamtes über die Lagepläne des Flughafens. Strategien für den Angriff auf die »Landshut« werden entwickelt, wieder verworfen und neu überdacht.

Aber beharrlich verweigert der bärtige Mann im weißen Burnus, der Verteidigungsminister des Emirats, seine Genehmigung für eine gewaltsame Lösung. Er will die Rettung mit einem Trick versuchen, wenn es dunkel geworden ist.

Aber noch steht der City-Jet der Lufthansa in der glühenden Sonne. Das eisgekühlte Wasser, das Freiwillige mit den anderen Sachen zum Flugzeug getragen haben, hat sich schon auf dem kurzen Weg in eine lauwarme, schale Brühe verwandelt.

Über eine Direktleitung nach Bonn informiert Hans-Jürgen Wischnewski die Bundesregierung über die trostlose Situation auf dem internationalen Flughafen, die ein Reporter in seinem Bericht an die Hamburger Redaktion mit den Worten beschreibt:

»Uns allen, die wir hier am Flughafen Dubai sitzen und über das Drama berichten, ist mittlerweile eines klargeworden: Wir sind Zeugen eines Geschehens, wie es die Welt unbarmherziger, unmenschlicher und grausamer bislang nicht erlebt hat.«

Und das Ultimatum rückt immer näher . . .

Aus den Passagieren der »Landshut«, den Geschäftsreisenden, den Touristen, werden an diesem Samstagabend aufmerksame folgsame Schüler. Sie sitzen mit gestrafften Oberkörpern in ihren Sesseln, weil sie in jedem Moment mit einer neuen furchtbaren Überraschung rechnen müssen.

Mahmud, der Anführer, hält Unterricht.

Eine Stunde lang brüllt er vom Cockpit aus seinen Haß gegen die imperialistischen und faschistischen Regierungen dieser Welt in das Mikrofon. Er schildert den »tapferen Freiheitskampf« seiner Organisation, nennt Baader und Meinhof Helden, beschreibt den Leidensweg seines Volkes. Er hat seinen Text gut auswendig gelernt.

Stewardeß Gaby Dillmann, die 23jährige, muß die in holprigem Englisch gehaltene Haßtirade ins Deutsche übersetzen, damit sie jeder versteht.

Sie umklammert das Mikrofon, ist ängstlich bemüht, sich nicht zu versprechen, denn die Waffen der übrigen Terroristen sind auf sie gerichtet. Die Strapazen der drei Tage und der beiden durchwachten Nächte sind ihr anzumerken.

Aber auf dieser Reise ist aus dem lebenslustigen Mädchen eine Heldin geworden, die sogar noch Kraft findet, andere zu trösten. Manchmal hilft auch ein deutliches Wort von ihr, die gefährliche Lage zu entspannen.

So, als ein Mann in den hinteren Reihen plötzlich die Fäuste ballt und sagt: »Ich kann nicht mehr. Ich will raus.« Sie legt ihm besänftigend die Hand auf die Schulter und meint: »Nehmen Sie sich doch zusammen. Sie bringen uns sonst alle in Gefahr.« Das Lächeln dieser Frau vollbringt Wunder – auch wenn es hin und wieder gequält wirkt.

Mahmud schreit immer noch, und Gaby Dillmann übersetzt: »Wenn wir euch töten müssen, dann haben wir das nicht zu verantworten. Das ist Sache eurer Regierung. Wir sind keine Mörder.«

Sie denken in diesem Moment, da sie die Drohung hören, alle das gleiche:

»Wann hört er bloß mit diesen Beschimpfungen auf? Nur nicht für einen kurzen Augenblick die Augen schließen, obwohl sie schon brennen. Das könnten die vier Terroristen als Desinteresse an ihren Zielen werten. Man muß ein aufmerksames Gesicht machen, so als sei man von diesem Redeschwall gefesselt. Darf man zeigen, daß einen die Drohung mit Angst erfüllt? Oder ist es besser, gelassen zu wirken?«

Für den Umgang mit Terroristen gibt es kein Patentrezept.

Der Vortrag ist zu Ende. Die Flugzeugentführer verteilen an die Passagiere Ansichtskarten der Lufthansa, auf deren Vorderseiten der Flugzeugtyp abgebildet ist, der den Reisenden zur Falle geworden ist. Auf der Rückseite steht: »With compliments from the Struggle Against World Imperialism Organization – SAWIO« – »Mit Empfehlungen der Organisation gegen weltweiten Imperialismus.«

Die Menschen in der Boeing 737 betrachten eilfertig die bunten Karten mit der makabren handgeschriebenen Widmung, heucheln Interesse.

Diese seltsame Geste gibt ihnen Hoffnung. Verteilt man Souvenirs an Todeskandidaten, die morgen schon sterben sollen? Sie halten die Karten in schweißnassen Händen und atmen dankbar auf.

Wohlgefällig lächelnd betrachtet Mahmud die Schar seiner Schüler.

Es ist Nacht geworden in Dubai. Gespenstische Stille lastet auf dem Flughafengelände. Im Tower sind die Fernrohre noch immer auf die Boeing 737 gerichtet. Nur unter dem Bauch des Flugzeugs, in Höhe der vorderen Tür, fällt das schwache Licht einer Lampe auf die Piste. Die roten und grünen Positionslichter an den Tragflächen sind längst verloschen, weil die Batterien nicht mehr arbeiten.

Das ist die Stunde des Muhammad Ibn Raschid Al-Maktum, des Verteidigungsministers.

In Begleitung von zwei Soldaten, die wie er weiße Burnusse tragen, besteigt er hinter dem Flughafengebäude einen Krankenwagen.

Langsam rollt das Fahrzeug über die knapp zwei Kilometer lange Piste der »Landshut« entgegen. Hundert Meter vor der Maschine bleibt der Krankenwagen mit abgeblendetem Licht stehen. Die Männer steigen aus.

In der »Landshut« wird die vordere Tür geöffnet. Die Soldaten erkennen die Umrisse einer Gestalt, die langsam den rechten Arm hebt. Dann wird aus der Boeing 737 geschossen. Die drei Männer in den weißen Umhängen rufen etwas auf arabisch zurück, treten in den Lichtkegel der Autoscheinwerfer und öffnen ihre Gewänder, um zu zeigen, daß sie unbewaffnet sind. Mit erhobenen Händen gehen sie weiter auf das Flugzeug zu.

Ein paar Schritte nur. Diesmal schreien sie in Englisch: »Nicht schießen, wir sind unbewaffnet!«

Aber die Terroristen lassen nicht mit sich reden. Jetzt sind es zwei Männer, die sich aus der geöffneten Flugzeugtür beugen und auf die Gestalten zielen, die immer noch wie angewurzelt auf der Piste stehen. Die Schüsse zerreißen die Stille der Nacht.

Schließlich kehren der Verteidigungsminister und seine beiden Begleiter zu dem Krankenwagen zurück. Das Flugzeug verschwindet in der Dunkelheit.

Der Versuch, die Entführer mit einem Trick zu überlisten, ist an ihrem Mißtrauen gescheitert.

Nach dem Zwischenfall zeigt sich Mahmud, der Terroristenchef, großzügig. Er gestattet:

»Jeder von Ihnen darf jetzt nacheinander drei Minuten aufstehen und auf dem Gang gymnastische Übungen machen.« Sie torkeln nur noch, als sie sich erheben. Ihre Füße und Beine sind durch das lange Sitzen angeschwollen. Wie Marionetten bewegen sie die Arme, beißen die Zähne aufeinander, um den stechenden Schmerz zu bekämpfen.

Der Spanier, der beim Abflug von Palma de Mallorca neben dem kleinen Stephan Röhll gesessen hat, kann nicht mehr aufstehen. Die Schwellung seiner Füße ist so stark, daß die Haut aufgeplatzt ist.

Aber die anderen sind bemüht, die kurze Zeit, die ihnen vergönnt ist, sinnvoll zu nutzen. Sie lockern die durch die Anspannung verkrampften Muskeln, versuchen durch unbeholfene Massage die Durchblutung wieder anzuregen.

Danach sagen die Terroristen: »Sie dürfen sich noch etwas leise unterhalten.«

Die immer schwächer werdende Kabinenbeleuchtung wirft fahles Licht auf die blassen Gesichter. Jeder sucht die Nähe des anderen. Die Angst vor der Ungewißheit macht sie zu einer Gemeinschaft.

Birgit Röhll ist überrascht, wie schnell man in solchen Situationen fast animalische Bedürfnisse entwickelt:

»Eine warme Hand, die sich auf deine Hand legt, bedeutet in dieser Lage viel – auch wenn sie einem wildfremden Menschen gehört. Das Brötchen, das du vom Essen abgezweigt und in eine Serviette gelegt hast, gibt dir mehr Sicherheit als der mit Delikatessen gefüllte Eisschrank zu Hause.«

Am Nachmittag haben die Terroristen die Eßwaren ausgeben lassen, die die Flughafenverwaltung neben das Flugzeug stellen ließ: etwas kaltes Fleisch, Brötchen und Käse. Dazu ist Wasser verteilt worden.

Fast alle haben sich Vorräte angelegt. Man weiß ja nicht, was noch kommt. Jetzt im Dämmerlicht geben Erwachsene ohne große Worte fremden Kindern von dem Wasser ab, das sie sich aufgespart haben. Die Schranken, die es noch bei dem Abflug in Palma de Mallorca gegeben hat, sind längst eingerissen worden.

Sie duzen sich, obwohl sie sich im Flugzeug zum erstenmal begegnet sind. Was zählt es schon, daß noch am Morgen dieses Tages ein begütertes Ehepaar versucht hat, den Entführern Geld für die Freilassung zu bieten? Bedeutungslos ist auch die Sorge eines verheirateten Mannes geworden, der mit seiner Freundin Urlaub auf Mallorca gemacht hat, und der bis zu dieser Stunde Angst hatte, daß sein Seitensprung durch die Entführung bekanntwerden könnte.

Hier in der Kabine verschieben sich in einer Nacht die Gewichte: Ein Schluck Wasser ist mehr wert als Geld. Und das geflüsterte Wort des Nachbarn, das Mut machen soll, ist bedeutungsvoller als ein guter Ruf da draußen.

Mit den gesellschaftlichen Schranken fallen auch Hemmungen. Die 82 Passagiere der »Landshut« haben nur einen Wunsch, in dieser heißen Hölle zu überleben.

Elisa van der Elst vergißt als erste die strenge Erziehung, die sie in ihrem katholischen Elternhaus genossen hat. Sie zieht die Bluse aus, streift den Rock ab, bis sie nur noch mit einem Slip bekleidet dasitzt.

Die anderen Frauen und auch die Männer folgen ihrem Beispiel. Denn die Hitze wird von Stunde zu Stunde unerträglicher, weil nun die Belüftungsanlage überhaupt nicht mehr arbeitet. In der Kabine breitet sich ein beißender Gestank von Kot, Urin und Angstschweiß aus.

Den drei Stewardessen der »Landshut« haben die Terroristen die luftigen kaftanartigen Umhänge gegeben, die sie von der Flughafenverwaltung über Funk angefordert haben. Sie trugen beim Abflug noch ihre dicken blauen Winteruniformen, die in der Hitze von Dubai zur Qual wurden.

Auch in dieser Nacht schlafen die Terroristen nicht. Ihre Blicke, die unruhig hin und her wandern, verraten Wachsamkeit und Mißtrauen. Nur hin und wieder döst einer von ihnen für einen kurzen Augenblick vor sich hin. Dann sind die anderen um so gespannter.

Mahmud, der Anführer, tritt aus dem Cockpit in die Touristenklasse, sieht die Halbnackten und schreit: »I don't want to see a striptease« – »Ich will keinen Striptease sehen!«

Die Passagiere zucken zusammen und gehorchen wortlos. Der Sonntag bricht an – und damit der letzte Tag, den die Passagiere und die Besatzungsmitglieder erleben sollen, wenn die Bundesregierung nicht die Forderungen der Terroristen erfüllt.

Wenn sie miteinander reden dürfen, dann flüstern

sie sich immer nur das eine zu: »Die in Bonn können uns doch nicht im Stich lassen. Sie müssen tun, was unsere Entführer verlangen.«

So reden auch die, die in den ersten Tagen der Schleyer-Entführung gemeint haben, der Staat müsse Stärke und Entschlossenheit beweisen. Notfalls müsse das Leben des Arbeitgeberpräsidenten geopfert werden.

Nicht aus Herzlosigkeit haben sie so gesprochen. Damals waren für sie Angst und Bedrohung noch abstrakte Begriffe. Jetzt ist das eigene Leben in Gefahr.

Gegen drei Uhr an diesem Morgen überfällt Unruhe die beiden männlichen Terroristen und ihre Begleiterinnen. Irgend etwas scheint draußen nicht zu stimmen. Sie rennen wieder zu der vordersten Tür, öffnen sie einen Spalt breit. Diesmal ist Kapitän Schumann an ihrer Seite.

Etwa vier Stunden nachdem der Verteidigungsminister versucht hat, sich der gekaperten Maschine mit einem Krankenwagen zu nähern, rollt erneut ein Fahrzeug mit aufgeblendeten Scheinwerfern über die Piste. Es hält auf die »Landshut« zu und bleibt erst kurz vor dem Flugzeug stehen.

Zwei »Mechaniker« in hellen Overalls steigen aus. Der Kapitän ruft ihnen auf englisch zu: »Wir haben nur noch 24 Volt. Sie müssen hereinkommen.« Auch die Funkanlage ist inzwischen ausgefallen.

Sie machen Anstalten, in die Maschine zu klettern, aber sofort gehen die Waffen der Entführer in Anschlag. »No«, ruft Mahmud mit seiner schon heiser gewordenen Stimme.

Die Männer in den Overalls fahren wieder fort. Danach taucht ein *Ground-Power*-Fahrzeug neben der

Lufthansa-Maschine auf, das die Batterien der »Landshut« von außen her neu speisen soll. Ihm folgt ein Pritschenwagen. Säcke mit Speiseresten und anderen Abfällen werden herausgereicht. Die Arbeiter verladen den Unrat, mustern dabei immer wieder das Flugzeug, wobei sie bemüht sind, nicht den Argwohn der Terroristen zu erwecken, denn die lassen keinen Zweifel daran aufkommen, daß sie auch bei dem geringsten Verdacht sofort schießen werden.

Die Passagiere wissen nicht, daß es deutsche Flugkapitäne sind, die sich da unten – verkleidet – an der Maschine zu schaffen machen. Sie warten auf ihre Chance – aber sie müssen erkennen, daß sie nicht handeln können, ohne die Menschen im Flugzeug zu gefährden. Unverrichteterdinge ziehen sie wieder ab.

Jürgen Schumann sieht seinen Kollegen nach, die in einer Sondermaschine nach Dubai gekommen waren, um zu helfen.

Mahmud aber ist jetzt noch mißtrauischer geworden. Von nun an läßt er den deutschen Flugkapitän nicht mehr aus den Augen. Hat er vielleicht gemerkt, daß die Mechaniker und Arbeiter englisch mit deutschem Akzent sprachen und nur auf eine günstige Gelegenheit gewartet haben, mit Schumann unbemerkt Kontakt aufzunehmen?

Die Rache folgt sofort: Der Pilot muß vor dem Terroristenanführer niederknien und sein Uniformhemd ausziehen. Dafür reichen sie ihm ein T-shirt mit dem Bild des Revolutionärs Che Guevara auf der Brust. Es ähnelt den Hemden, die die Entführer tragen und die sie stapelweise in ihrem Handgepäck neben anderen Bekleidungsstücken mit sich führen. Denn sie haben sich auf eine lange Reise vorbereitet.

Es geht ihnen nicht nur um die Erniedrigung eines Menschen. Im Falle eines Überraschungsangriffs soll Schumann von den Befreiern für einen Terroristen gehalten und nicht verschont werden.

Im Flughafengebäude wird der Abfall aus der »Landshut« genau untersucht. Neben Pappschachteln und leeren Flaschen finden sich vier ganze Zigaretten und vier Bordkarten mit Schumanns Unterschrift. Mit diesem Trick wollte der Flugkapitän noch einmal nach draußen signalisieren: Es sind vier Personen, die uns in ihre Gewalt gebracht haben.

Für die deutsche Delegation im Tower ist das zugleich ein beruhigender Beweis: Schumanns oft gerühmter, messerscharfer Verstand arbeitet trotz Übermüdung und seelischer Belastung noch immer mit erstaunlicher Präzision.

Niemand kann die Angst und den Psycho-Terror, dem die Passagiere und die Besatzung der »Landshut« in diesen Stunden ausgesetzt sind, besser beurteilen als der 34jährige Psychologe Wolfgang Salewski, der als Berater mit Staatsminister Wischnewski nach Dubai geflogen ist und seit Stunden im Tower steht.

In Sachen »Terrorismus« gilt der Münchner als international anerkannter Experte. Als sich 1972 die Flugzeugentführungen häuften, wollte die »Lufthansa« einen Aufklärungsfilm für ihre Flugzeugbesatzungen drehen. Das psychologische Basismaterial lieferte Salewski, der dazu Kapitäne und Stewardessen über ihre Erfahrungen mit Kidnappern befragte und aus den Antworten wissenschaftliche Erkenntnisse zog.

Einer seiner wichtigsten Hinweise lautet: Von der Anfangsphase einer Entführung hängt alles ab, ob die

Entführung aggressiv oder einigermaßen erträglich abläuft.

Vielleicht ist in der Boeing 737 bis jetzt kein Blut geflossen, weil die Passagiere die Nerven behalten haben.

Der Psychologe versucht, sich aus den englischen Wortfetzen, aus den arabischen Flüchen, die im Flughafenturm aus dem Lautsprecher dringen, ein Bild des Anführers zu machen. Man will wissen, mit wem man es auf der anderen Seite zu tun hat.

Was soll man von einem Menschen halten, dessen Gemütslage ständig wechselt, der eben noch höflich antwortet und im nächsten Augenblick unbeherrscht schimpft, der immer wieder droht, sich und die Passagiere gnadenlos in die Luft zu sprengen, um fünf Minuten später bei der Flughafenverwaltung über Sprechfunk Halsschmerztabletten für sich anzufordern, wobei er um eine genaue Gebrauchsanweisung bittet? Ist der Mann, der sich Captain Mahmud nennt, ein Geistesgestörter?

Unter den Mitgliedern der Wischnewski-Delegation wächst die Unruhe. Sie wollen endlich die entscheidende Wende herbeiführen. Die Spannung wird immer unerträglicher.

Inzwischen sind auch in Dubai zwei geheimnisvolle Engländer eingetroffen, die sich als Angehörige von Geiseln ausgeben. In Wirklichkeit aber handelt es sich um Beamte des *Special-Air-Service*, der Londoner Expertengruppe gegen Terror, die den Deutschen bei der Befreiung der Passagiere helfen wollen.

Im hinteren Teil des Flughafengeländes üben GSG-Männer mit Soldaten aus Dubai an einer Boeing 737 der Luftfahrtgesellschaft »Gulf Air« das blitzschnelle, lautlose Öffnen der Türen.

Aber Dubais Verteidigungsminister weigert sich immer noch, grünes Licht für den Angriff auf die »Landshut« zu geben.

Dabei läuft um 16 Uhr Ortszeit (14 Uhr in Europa) das Ultimatum ab.

Seit Donnerstag, dem Tag der Entführung, hat der Berliner Bankkaufmann Dieter Röhll kaum noch Schlaf gefunden. Die Sorge um Frau und Kind wächst von Stunde zu Stunde. Am schlimmsten aber ist die Ohnmacht, das Gefühl, nichts für sie tun zu können.

Nachbarn, Freunde, aber auch wildfremde Menschen melden sich in der Wohnung des Familienvaters, der sich plötzlich wie amputiert fühlt. Sie alle wollen trösten. Es tut gut, in solchen Stunden nicht allein zu sein.

An diesem Sonntag findet Dieter Röhll in einer Sonntagszeitung einen rührenden offenen Brief, den Stephans kleiner Spielkamerad Gregor an die Entführer geschrieben hat.

»Ich möchte nicht, daß ich ihn nie wiedersehe. Stephan ist mein Freund. Er und die anderen Kinder haben Ihnen nichts getan. Ich bitte darum, daß Sie meinen Freund und die anderen Kinder freilassen.«

Die Zeilen verschwimmen vor den Augen des Vaters, der plötzlich das Gefühl hat, einen dicken Kloß im Hals zu haben.

Außer den trostreichen Worten eines kleinen Jungen, der die Welt nicht mehr versteht, bringt die Sonntagszeitung nichts, was den Angehörigen der Geiseln neue Hoffnung machen könnte:

»In Bonn haben die Krisenstäbe und das Kabinett getagt, ohne daß über eine Entscheidung etwas bekannt wurde.

Dem Genfer Unterhändler, Rechtsanwalt Payot, wurde eine ›äußerst wichtige und dringende Mitteilung‹ an die Terroristen übermittelt. Sie ist bisher nicht abgerufen worden.

Bonn dementiert Meldungen, nach denen die Grenzschutztruppe bereits nach Dubai abgeflogen sei.

Im Fall Schleyer gibt es keine neuen Erkenntnisse.«

Dieter Röhll mag nicht länger untätig sein. In seinem Büro setzt er sich an den Fernschreiber und tickert einen Brief an Bundeskanzler Schmidt nach Bonn durch:

»Bitte tun Sie alles, um meine Frau und mein Kind und auch die anderen Geiseln zu retten.«

Doch Bonn antwortet nicht, bestätigt noch nicht einmal den Eingang des Fernschreibens. Auch ein zweites, das der Bankkaufmann in seiner wachsenden Ungeduld losschickt, bleibt unbeantwortet.

So wie dem Vater in Berlin geht es an diesem Tag allen, die ihre Angehörigen in den Händen der Geiselnehmer wissen. Ihre Nerven sind zum Zerreißen gespannt.

Renate Vietor, die Frau des Copiloten, hat ihre Wohnung in Bensheim – vierzig Kilometer von dem Haus der Schumanns entfernt – verlassen und ist nach Kassel zu den Eltern ihres Mannes gefahren.

In der Wohnung der Rentner läuft das Fernsehgerät ohne Unterbrechung.

Der Vorstand des Fußballvereins Kickers Offenbach telegrafiert an den Verteidigungsminister von Dubai, der Ehrenmitglied des Deutschen Fußballvereins ist; »Bitte tun Sie alles, damit unser ehemaliger Präsident Gregorio Canellas, der sich mit seiner Tochter Gabriela an Bord der ›Landshut‹ befindet, gerettet wird.«

Aber auf dem Flughafen von Dubai nehmen die Geschehnisse plötzlich eine völlig unerwartete dramatische Wendung, die auch der Verteidigungsminister, der Mann im weißen Burnus, nicht beeinflussen kann . . .

Flugkapitän Schumann trägt immer noch das Terroristenhemd. Niedergeschlagen und nachdenklich sitzt er neben einem spanischen Passagier. Was kann er jetzt noch tun, da das Ultimatum in wenigen Stunden abläuft?

Der Reisende an seiner Seite berührt plötzlich ganz vorsichtig seinen Arm und flüstert: »Ich bin Pilot wie Sie. Bei der TAE.«

Und obwohl Unterhaltungen mit dem Flugkapitän streng verboten sind, nennt der Spanier seinen Namen: Alberto Cerezo.

Ein Lächeln huscht über Schumanns blasses Gesicht. Verstohlen tauschen die beiden Männer einen Händedruck aus. »Guten Tag, Herr Kollege«, sagt der Deutsche mit müder Stimme.

Plötzlich ist die Angst wieder da. »Verraten Sie bloß nicht, daß Sie auch Pilot sind. Sonst ist mein Leben keinen Schuß Pulver mehr wert. Dann wird man Sie dazu zwingen, die Maschine zu fliegen«, sagt Jürgen Schumann leise.

Sein spanischer Kollege: »Hoffentlich schauen die nicht in meinen Paß. Da steht als Berufsangabe ›Zivilpilot‹.«

Die beiden Piloten können die Unterhaltung nicht fortsetzen. Plötzlich sind die Terroristen nervös geworden. Eben noch haben sie zugelassen, daß die rückwärtige Tür der Maschine für kurze Zeit geöffnet wurde, damit wenigstens die älteren Passagiere frische Luft schnappen konnten. Jetzt ertönt der Befehl: »Alles wieder hinsetzen! Anschnallen und Mund halten!«

Die Kartons mit der arabischen Aufschrift »Dubai Airport International«, in denen am Vormittag noch einmal Essen angeliefert worden ist, werden blitzschnell verstaut. Niemand will sich von den Kostbarkeiten trennen.

Oder lohnt es sich gar nicht mehr, Vorräte anzulegen? In siebzig Minuten läuft das Ultimatum ab! Soll die Hinrichtung vielleicht schon vorgezogen werden?

Mit vorgehaltener Pistole treiben die Entführer Schumann und Vietor in die Pilotenkanzel. Mahmud findet noch Zeit für schwarzen Humor: »Los, Jungs, fahren wir zur Tankstelle und machen wir den Tank voll.«

Der Mann, der eben noch gescherzt hat, meldet über Mikrofon an den Tower: »Schicken Sie sofort den *Ground-Power*-Wagen fort. Sie haben zwanzig Minuten Zeit. Danach erschieße ich einen Passagier.«

Das hat er zwar in den vergangenen Stunden mehr als einmal angedroht und auch die Exekution des Kapitäns mit furchterregender Stimme angekündigt, daß Staatsminister Wischnewski oben im Tower trotz der Hitze fröstelte, aber diesmal klingt es so, als gäbe es keinen Aufschub.

»Was ist los?« fragt der Mann am Tower-Mikrofon.

»Wir fliegen weg.«

Botschafter Hans-Joachim Neumann reißt das Mikrofon an sich und schreit: »Hier spricht der deutsche Botschafter. Das Ultimatum läuft doch erst in einer Stunde ab. Warum wollen Sie weg?«

Antwort aus dem Cockpit: »Ich allein entscheide über mein Ultimatum. Wir fliegen.«

Vor dem Flughafengebäude springen zwei Männer in ein bereitstehendes Auto, rasen in wilder Fahrt über die Piste zur »Landshut«, um das Ground-Power-Fahrzeug wegzurollen. Während sie damit beschäftigt sind, die Batteriekabel zu lösen, werden sie von Mahmud beschimpft: »Macht schneller, ihr Hurensöhne! Habt ihr denn keinen Verstand im Kopf, ihr verdammten Idioten!«

Die Mechaniker beachten nicht den Wortschwall, sondern arbeiten fieberhaft, bis ihre Hemden durchgeschwitzt sind, denn es geht um ein Menschenleben. Als sie sich von der »Landshut« entfernen, hören sie Mahmuds letzten Fluch: »Ihr Hunde, am besten erschieße ich euch gleich zusammen mit den Passagieren.«

Noch einmal meldet sich der Tower: »Was ist Ihr Ziel?«

Die Antwort lautet: »Das ist allein unsere Entscheidung.«

Es klingt wie ein Gebet, als der deutsche Botschafter noch einmal beschwörend in das Mikrofon ruft: »Schützen Sie das Leben der Menschen an Bord.«

Mahmud bleibt stumm. Nur ein Rauschen ist im Lautsprecher zu hören.

In Deutschland zeigen die Uhren 14.13 Uhr, als der City-Jet langsam auf die Startpiste rollt, dann abhebt, immer kleiner wird, bis die Männer im Tower durch ihre Ferngläser nur noch einen winzigen Punkt am Himmel ausmachen können.

Die »Landshut« fliegt einem unbekannten Ziel entgegen.

In Bonn gibt Staatssekretär Klaus Bölling kurze Zeit später vor Journalisten bekannt:

»Die Bundesregierung ist während der Ereignisse am heutigen Sonntag ohne Unterlaß um das Leben der Frauen, Männer und Kinder und der Besatzung in der Lufthansa-Maschine bemüht. Sie ist mit allen beteiligten Regierungen in Gesprächen, die allesamt dem Ziel dienen, das Leben der Menschen an Bord des Flugzeugs und das Leben von Hanns-Martin Schleyer zu bewahren.

Der Bundeskanzler hat zu diesem Zweck eine Reihe von Gesprächen mit ausländischen Staats- und Regierungschefs geführt, darunter mit dem Präsidenten der Vereinigten Arabischen Emirate und dem auf dem Flugplatz von Dubai verantwortlichen Verteidigungsminister.

Der britische Premierminister und der französische Staatspräsident stehen mit Rat und mit Hilfe zur Verfügung; in den Gesprächen mit ihnen hat die Bundesregierung erneut deren Solidarität bestätigt gefunden.

Die Bundesregierung, die Partei- und Fraktionsvorsitzenden des Deutschen Bundestages und die Ministerpräsidenten der vier betroffenen Bundesländer sind sich der Tatsache bewußt, daß die Situation unvermindert ernst ist. Die Bundesregierung verfolgt weiterhin alle realistischen Möglichkeiten, das Leben der entführten Menschen zu retten.

Das vom Bundesverfassungsgericht heute verkündete Urteil stellt fest, daß dem Staat eine Schutzpflicht sowohl gegenüber den einzelnen als auch gegenüber der Gesamtheit der Bürger obliegt. Die Wahrnehmung dieser doppelten Pflicht setzt voraus, daß die zuständigen staatlichen Organe ihre Maßnahmen der Vielfalt der jeweiligen konkreten Situation ohne Festlegung

auf ein bestimmtes Verhalten anpassen können. Darüber hinaus kann eine solche Festlegung schon deshalb nicht erfolgen, weil dann die Reaktion des Staates für Terroristen von vorneherein kalkulierbar und dem Staat der effektive Schutz seiner Bürger vor weiteren Verbrechen unmöglich gemacht würde.
Die Bundesregierung, die Partei- und Fraktionsvorsitzenden des Deutschen Bundestages und die Ministerpräsidenten der vier betroffenen Bundesländer haben bisher nach diesen vom Bundesverfassungsgericht bestätigten Grundsätzen beraten und gehandelt. Sie werden weiterhin alles tun, um ihrer schweren Verantwortung nach diesen Grundsätzen gerecht zu werden.«

In dieser Krisensituation häufen sich in Bonn die Hilfsangebote. Könige und Präsidenten, Diktatoren und Scheiche sagen ihre Hilfe zu. Aus Ost-Berlin kommt später das Angebot des DDR-Außenministers Fischer, auf diplomatischem Weg Vermittlerdienste zu leisten. Und der achtzigjährige Papst Paul VI. bietet sich sogar als Geisel zum Austausch für die Passagiere an – ein Angebot, das der Bundeskanzler später in einem Danktelegramm »großherzig« nennen wird.

Aus Nairobi wird gemeldet: »Vorsorglich sind in Krankenhäusern einhundert Betten freigemacht worden.«

Die »Landshut« nimmt Kurs auf die Insel Masirha, dreht dann ab in Richtung Norden nach Oman, aber der dortige Flughafen bleibt für die Maschine geschlossen.

Flugkapitän Schumann und sein Copilot Vietor korrigieren erneut den Kurs auf Befehl der Terroristen, steuern Riyan im Südjemen an. Doch auch dort kann die Lufthansa-Maschine nicht landen, weil die Rollbahn mit Fahrzeugen gesperrt ist.

Der City-Jet zieht am Himmel eine große Schleife und hält auf Aden zu.

Die Regierung der Volksrepublik Südjemen läßt Lastwagen und Schützenpanzer auf die Piste rollen, um eine Landung der Lufthansa-Maschine zu verhindern.

Unaufhörlich kreist der City-Jet über dem Gelände. Mahmud, der Terroristenchef, reißt das Mikrofon an sich und brüllt, bis sich sein Gesicht rot verfärbt hat: »Räumt die Landebahn. Unser Treibstoff geht zu Ende.«

Der Tower von Aden gibt keine Antwort.

Und noch einmal die Stimme des Entführers: »Wir müssen landen oder wir stürzen ab.«

Dann erfolgt der Befehl an die Passagiere, die ahnen, daß auf ihrem Irrflug einer der dramatischsten Augenblicke angebrochen ist: »Anschnallen, Oberkörper nach vorne beugen, Knie umklammern. Wer nicht gehorcht, wird erschossen.«

Die »Landshut« setzt zur Notlandung neben der Rollbahn an. Der ungeheure Aufprall läßt den Aluminiumleib der Maschine erzittern. Sie droht am Erdboden zu zerschellen. In der Kabine fällt eine Deckplatte klirrend zu Boden.

Der spanische Flugkapitän Alberto Cerezo mißachtet den Befehl, die Fenster geschlossen zu halten, schiebt das Rollo ein Stück nach oben, und was er sieht, läßt ihn erstarren: Weiße Wolken rund um die Maschine.

Qualmwolken? Brennt die »Landshut«?

Er beißt sich auf die Lippen, bis sie blutig geworden sind, wartet auf die Explosion. Aber nichts passiert.

Ganz still ist es an Bord der »Landshut«. Nur im hinteren Teil wimmert ein Kind.

Vor den Fenstern verschwinden langsam die Wolken. Es waren Wolken aus weißem Treibsand, der beim Aufsetzen fontänenartig hochgewirbelt wurde.

Später geht Kapitän Schumann durch den Gang, versucht zu lächeln, aber das Lächeln gerät ihm zur Grimasse. »Jetzt sind wir in einem Sandkasten gelandet«, sagt er leise, und seine Stimme klingt sehr müde.

Vorne haben noch einige Passagiere Beifall geklatscht, aber die Bewegung ihrer Hände erstirbt sofort, als Mahmud mit der entsicherten Pistole den Vorhang zur Kabine zur Seite schiebt. Es scheint so, als sei zum erstenmal auch sein Gesicht von Angst gezeichnet. Die Augenlider zucken nervös, die Hand, die die Waffe hält, zittert leicht.

Was da eben auf dem Flughafen von Aden passierte, wird der spanische Kapitän Alberto Cerezo später Journalisten mit den Worten beschreiben: »Wer immer für diese Notlandung neben der Rollbahn verantwortlich war, ob Schumann oder Vietor, es war eine hervorragende fliegerische Leistung, vor der ich den Hut ziehe.«

Durch das halbgeöffnete Fenster sieht der spanische Flugkapitän Panzerwagen, die mit hoher Geschwindigkeit auf die »Landshut« zurollen. Soldaten springen ab, bringen ihre Waffen in Anschlag und umstellen die Maschine.

Der Terroristenchef reißt die vordere Tür auf und schreit: »Haut ab!« Noch rühren sich die Soldaten nicht. Da greift Mahmud nach einer Handgranate, hält sie drohend ins Freie und brüllt: »Wenn ihr zu nahe kommt, sprenge ich das Flugzeug in die Luft.« Darauf ziehen sich die uniformierten Männer zurück. In 200 Meter Entfernung bleiben sie stehen und starren auf die Maschine, die auf sandigem Gelände genau neben der Rollbahn zum Stillstand gekommen ist.

Zuerst hat die spanische Stewardeß Elisa van der Elst den Gedanken: einfach abhauen! Es ist ein wahnwitziger Gedanke, aber in diesem Augenblick hilft er die Angst und den Schock über die Notlandung zu überwinden.

Sie beugt sich nach vorne, wo die anderen Mitglieder ihrer Crew sitzen, und sagt nur ein Wort: »Die Notausstiege.« Wie alle anderen Flugzeugbesatzungen auch, haben sie es hundertmal trainiert: das blitzschnelle Öffnen dieser Türen, um in gefährlichen Augenblicken Passagiere retten zu können. Jetzt geht es um das eigene Leben.

Man braucht den roten Handhebel nur kräftig nach unten zu ziehen, dann fliegt die Tür auf. Die spanische Crew blickt sich verstohlen um, schaut dann aus dem Fenster zu den Soldaten, die wie angewurzelt dastehen. Es sind nur 200 Schritte. 200 Schritte bis zur Freiheit. Die bewaffneten Männer werden sie schon schützen. Noch sind die Entführer abgelenkt und nervös. Einige ihrer Waffen haben sie sogar in der Bordküche abgelegt.

In den Köpfen der Spanier überstürzen sich die Gedanken: »Was haben wir mit den Terroristen und ihrem Haß auf die Deutschen zu tun? Es ist reiner Zufall, daß wir in die Hände der Entführer gefallen sind. Wer kann es uns übelnehmen, daß wir unsere Haut retten wollen?«

Bisher ist die spanische Flugzeugbesatzung von den Schlägen, den Bedrohungen und Beschimpfungen der

Terroristen verschont geblieben. Wenn sie von ihnen angesprochen wurden, antwortete Kapitän Cerezo schulterzuckend: »No le entendemos – wir verstehen Sie nicht.« Zuletzt haben es die beiden Männer und die zwei Frauen aufgegeben, mit den spanischen Passagieren zu reden.

Richtig berauscht sind sie von dem Gedanken an Flucht. Sollen sie die deutschen Stewardessen, die ja Kolleginnen sind, ins Vertrauen ziehen und ihnen sagen: »Wir springen gleich auf, stürzen uns auf die Notausgänge und hauen ab«?

Da schaut sich Elisa van der Elst ein zweites Mal um, sieht die blassen übernächtigten Gesichter der anderen Reisenden und weiß: Sie sitzen alle in einem Boot. Keiner kann flüchten, ohne den Rest zu gefährden. Die Spanier, die eben noch sprungbereit dagesessen haben, lassen sich resignierend in ihre Sessel zurückfallen.

Über Funk versucht Mahmud Kontakt mit dem Tower von Aden aufzunehmen und neuen Treibstoff für die »Landshut« anzufordern, aber er bekommt keine Antwort. Ein paarmal wird Kapitän Schumann in das Cockpit gebeten. Was sich da vorne in der Spitze der Maschine zwischen den beiden ungleichen Männern abgespielt hat, wird man nie erfahren. Dafür gibt es keine Zeugen.

Aber die Menschen in der Kabine, dieses unglückselige Häuflein Verängstigter und Erschöpfter, merken bald, daß der Haß der Entführer auf den deutschen Flugkapitän noch gewachsen ist. Sie verdächtigen ihn, den Copiloten veranlaßt zu haben, die »Landshut« mit Absicht so hart aufzusetzen, um einen Weiterflug zu verhindern.

Das Ultimatum, auf das die Entführer in Dubai noch gepocht haben, ist längst abgelaufen, ohne daß die vier Terroristen ihre Drohungen wahrgemacht hätten. Aber für Jürgen Schumann beginnt jetzt erst die wahre Leidenszeit.

Die Terroristen befehlen ihm, im Stechschritt über den Mittelgang zu marschieren, und bedrohen ihn mit ihren Pistolen, als er einen kurzen Moment lang zögert. Das Bild des entwürdigten Mannes, der sich zähneknirschend der Schikane unterwirft, um die ihm Anvertrauten nicht zu gefährden, bereitet den Passagieren mehr Ekel als der beißende Gestank, der aus den überfließenden Toiletten kommt. Nur die Terroristen grinsen. Auf einmal findet Birgit Röhll die zierlichere der beiden Bewacherinnen gar nicht mehr »nett«. Denn sie ahnt, daß hier ein Mensch in seiner Substanz systematisch zerstört werden soll.

Immer haben Schumanns Kollegen die »ungeheuer schnelle Regenerationsfähigkeit« dieses Mannes gelobt. Wenn er zwei Tage und zwei Nächte hintereinander nicht ins Bett gekommen war, genügte eine Stunde Schlaf, und »der Motor lief wieder«.

Bis zur Landung in Aden, die das ganze fliegerische Können der Piloten erfordert hatte, konnte er die Passagiere mit seinen Kraftreserven vor dem Schlimmsten bewahren. Aber nun ist er fertig, ausgelaugt.

Und dennoch denkt er in diesem Augenblick nur an die Passagiere und an seine Maschine.

Schließlich gelingt es ihm, seine Bewacher davon zu überzeugen, daß an einen Weiterflug nicht zu denken ist, bevor er nicht das Flugzeug von außen auf Schäden untersucht hat.

Endlich darf er aus dem City-Jet klettern. Mit einer

Taschenlampe leuchtet er den Bauch der Maschine ab, schaut sich immer wieder nach den Soldaten um, die ihn aus der Ferne beobachten. Er legt die Hände trichterförmig an den Mund und schreit: »Ich bin Kapitän Schumann. Ich möchte einen Vertreter der Bundesrepublik sprechen ... a representative of the Federal Republic.« Die südjemenitischen Soldaten reagieren nicht auf diese Zurufe.

Schumann versucht es noch einmal, schreit, was seine Lungen hergeben: »Versteht ihr mich nicht, ich muß einen Vertreter meines Landes sprechen. Jetzt sofort.« Nichts passiert. Keiner deutet ihm an, daß seine Worte verstanden worden sind.

Der deutsche Pilot ist in diesen Minuten der einsamste Mensch der Welt.

Ein paar Schritte geht Jürgen Schumann auf die Soldaten zu, da kommandiert ihn Mahmud zurück: »Komm her, oder die Maschine fliegt in die Luft!« Wieder greift er nach einer Handgranate, bereit, sie im nächsten Augenblick in die Kabine zu schleudern.

Da dreht sich der Flugkapitän um, geht mit hängenden Schultern und müden Schritten zur »Landshut« zurück.

Irgend jemand reicht ihm im Flugzeug ein mit Käse belegtes Brötchen, das von der Verpflegung in Dubai aufgespart worden ist. Der Pilot versteht diese rührende Geste, aber er winkt ab.

»Was soll's? Warum noch essen, sie erschießen mich ja doch.«

Kurz nach dem Start der »Landshut« sind Staatsminister Wischnewski und seine Begleiter in die Sondermaschine gestiegen, um dem gekaperten Flugzeug zu folgen. Aber über Aden erfährt der Politiker: Keine Landeerlaubnis. Das Land, das vor längerer Zeit die gegen den Berliner CDU-Politiker Peter Lorenz ausgetauschten deutschen Terroristen aufgenommen hat, möchte weder mit den Entführern noch mit den Rettern etwas zu tun haben.

Die Regierung läßt Bonn wissen: »Es ist unsere strikte Politik, keinem Terroristen mehr Zuflucht zu gewähren.«

Wischnewskis Sondermaschine muß schließlich Kurs auf die über 1200 Kilometer von Aden entfernt liegende saudiarabische Stadt Dschidda nehmen.

Der Anführer der Terroristen ist außer sich vor Wut. Noch immer hat sich die Flughafenverwaltung von Aden nicht bereit erklärt, einen Tankwagen mit Treibstoff zur »Landshut« zu schicken.

Sein Zorn richtet sich gegen Flugkapitän Schumann. Zu den Passagieren sagt Mahmud mit haßverzerrtem Gesicht: »Der Kapitän wollte fliehen.

Mit zwei Pistolen. Er hat euch im Stich lassen wollen. Dafür wird er sterben. Ich mache jetzt ein Revolutionsgericht.«

So grauenhaft ist die Szene, die sich jetzt an Bord abspielt, daß die Augenzeugen lange Zeit brauchen werden, um das Schreckliche genau schildern zu können.

Vor dem Vorhang zur ersten Klasse muß Jürgen Schumann niederknien. Sein Blick ist auf die Passagiere gerichtet. Dann senkt er den Kopf, so als wolle er ihnen den Anblick seiner brechenden Augen ersparen.

»Hands up!« befiehlt Mahmud, der breitbeinig vor ihm steht, die entsicherte Pistole in der rechten Hand.

»Wolltest du uns verraten?« fragt der Terroristenanführer.

Er holt mit der Linken aus, schlägt Schumann, so daß sein Kopf gegen die Einfassung des Torbogens geschleudert wird.

Nun sehen alle Passagiere dieses Gesicht, das sie nie wieder vergessen werden. Es ist gezeichnet von den Strapazen der vergangenen Stunden. Tiefe dunkle Schatten liegen unter den Augen. Die Lippen sind schmal und blutleer.

»Guilty or not guilty? – Schuldig oder nicht schuldig?« brüllt Mahmud und richtet seine Pistole auf den Kopf des Knienden.

Jürgen Schumann will etwas sagen, öffnet den Mund, schweigt aber. Die Mündung der Waffe zielt genau auf die Stirn, da, wo die Nasenwurzel beginnt.

»Not guilty«, sagt Schumann schließlich in die atemlose Stille hinein mit gepreßter Stimme.

Da fällt der Schuß. Mahmud hat dem Flugkapitän ins Gesicht geschossen. Der Körper fällt zur Seite. Unter ihm färbt sich der Auslegteppich rot.

Die Mütter haben in diesem Augenblick ihren Kindern die Augen zugehalten, damit ihnen der schreckliche Anblick erspart bleibt. Nur der dreijährige Junge, der Jüngste an Bord, plappert: »Bum, bum, bum.«

Eine der beiden Terroristinnen, die kleinere, hat während der Exekution auf einer Armlehne Platz genommen und einen Apfel gegessen.

Jetzt schreitet sie seelenruhig über die Leiche hinweg zum Cockpit, wo sie sich zu schaffen macht.

Kurz darauf erklingt aus dem Bordlautsprecher arabische Musik. Ein gleichbleibender Singsang, der den Passagieren Kopfschmerzen bereitet.

»Die sollen endlich die Musik abstellen«, sagt plötzlich einer der Reisenden und erschrickt selber, weil seine Worte so laut waren. Er duckt sich in seinen Sessel.

Die Musik, die von einem Radio übertragen wird, spielt weiter. Eine halbe Stunde lang.

Birgit Röhll hält es für eine Gnade, daß sie und Stephan während der Hinrichtung in der letzten Reihe gesessen haben. Aber den Schuß hat sie gehört, und dann den unterdrückten Ausruf eines Mannes: »Oh, mein Gott.«

Das Entsetzen lähmt die Passagiere. Sie sind unfähig geworden, ihrer Trauer Ausdruck zu verleihen. Und genau das ist es, was die junge Mutter aus Berlin, die ihren Sohn Stephan noch fester an sich zieht, in diesen Minuten empfindet:

»Warum kann ich nicht weinen? Haben mich Angst und Schrecken schon so abgestumpft? Wie soll es jetzt weitergehen? Solange der Kapitän da war, fühlte ich mich noch beschützt. Nun ist alles aus. Wird mein Kind je vergessen können, was sich da vorne abgespielt hat? Wer ist der Nächste, der erschossen wird?«

Der spanische Pilot Alberto Cerezo ist kein zartbesaiteter Mann. Aber auch er denkt jetzt: »Aus! Vorbei. Keine Hoffnung mehr.« Resignation macht sich unter den Menschen an Bord breit.

Die drei Stewardessen, die sich bis dahin so heldenhaft verhalten haben, weinen.

Nur die Terroristen zeigen keine Betroffenheit. Mahmud hat sogar gegrinst, als er abdrückte. Sie lassen Schumanns Leiche im Mittelgang liegen. Sozusagen zur Abschreckung. Er liegt da, wie er umgefallen ist, mit angewinkelten Beinen, und aus der Wunde im Kopf fließt Blut.

In der unerträglichen Hitze mischt sich in den Gestank von Schweiß und Urin der süßliche Geruch geronnenen Blutes.

In diesem Augenblick der Trostlosigkeit denken sie alle das gleiche.

»Wenn wir aus dieser Hölle herauskommen, dann wollen wir der Welt erzählen, wer dieser Mann war, der für uns gestorben ist. Dem jungen Mädchen, das sich schon in Dubai aus der geöffneten Tür stürzen wollte, hat er das Leben gerettet, indem er im richtigen Augenblick sagte: ›Bald ist alles vorbei, glauben Sie mir. Sie müssen nur noch ein bißchen durchhalten.‹

Den alten Herrn, dessen Geist sich durch die Ereignisse verwirrte, bewahrte er vor den brutalen Schlägen der Terroristen, indem er das Besteck heimlich an sich nahm, das der Alte gegen den Befehl der Terroristen unter seinem Sitz gesammelt hat.

Wo Jürgen Schumann das Messer und die Gabel, die in den Augen der Entführer gefährliche Waffen darstellen, später versteckte, ist ebenso sein Geheimnis wie die Antwort auf die Frage: Wo hat er die beiden Ausweise gelassen, die ein Ehepaar bei der ersten Aufforderung nicht abgab, bis es die Entdeckung fürchtete und die Dokumente dem Flugkapitän zusteckte.

So ein Mann war Jürgen Schumann. Er sprach nicht viel, aber er war immer da, wenn man ihn brauchte.«

Nun liegt er mit blutendem Kopf im Mittelgang, und sechsundachtzig Menschen sind um eine Hoffnung ärmer geworden.

Die Passagiere, die gezwungen sind, in das starre Gesicht des Toten zu schauen, heben jetzt immer häufiger die Hände, um damit anzudeuten: Ich muß auf die Toilette. In den total verschmutzten Waschräumen erbrechen sie sich würgend vor Abscheu und Ekel – Ekel vor den Mördern.

Kurz vor Mitternacht (MEZ) rollt endlich ein Tankwagen auf die »Landshut« zu, nachdem die Terroristen wieder angedroht haben, die Maschine in die Luft zu sprengen, wenn ihre Forderungen nicht erfüllt werden. Vom Tower kommt die Anweisung: »Ihr bekommt nur Treibstoff, wenn ihr nach dem Auftanken sofort wieder verchwindet.«

Um 1 Uhr (MEZ) in der Nacht zum Montag, 17. Oktober, muß Copilot Jürgen Vietor im Cockpit Platz nehmen.

Keiner in der Kabine kann besser ermessen, was den jungen Copiloten jetzt erwartet, als der spanische Kollege. Einen Herzschlag lang ist Alberto Cerezo versucht, einfach aufzustehen und seine Hilfe anzubieten.

Da fängt er einen Blick der blonden Stewardeß Gaby Dillmann auf, der ihm sagt: »Tu das nicht.« Sie haben gelernt, sich unter den drohend erhobenen Handgranaten der Entführer nur mit den Augen zu verständigen. Und der Spanier versteht sofort. Wenn er sich als Pilot zu erkennen gibt, ist auch Vietors Leben in Gefahr. Dann brauchen ihn die Terroristen nicht mehr.

Jürgen Vietor setzt sich auf seinen alten Platz. Während einer der Terroristen mit der Pistole in der Luft herumfuchtelt, überprüft er anhand der Checkliste über 1100 verschiedene Positionen. In dem Cockpit ist er jetzt genauso einsam wie sein Kollege Schumann, als er vorhin draußen neben seiner Maschine stand. Vietor ist allein mit seiner Angst und der Verantwortung für die Passagiere.

Niemand kann ihm eine Garantie dafür geben, daß sich die beiden starken, aber hochempfindlichen Pratt-

and-Witney-Triebwerke nicht voll Sand gesogen haben.

Die Triebwerke heulen auf. Die »Landshut« rollt langsam auf die betonierte Runway zu, die jetzt von den Soldaten zum Start freigemacht worden ist. Ein paarmal drehen die dicken Reifen in dem Mahlsand durch, fassen nicht. Dann erst setzt sich der Jet in Bewegung.

Jürgen Vietor braucht für diesen dramatischen Start, den sein spanischer Kollege später »einfach hervorragend« nennen wird, seine ganze Konzentration. Und noch immer ist eine Pistole genau auf seinen Kopf gerichtet.

Hinten in der Kabine haben die Passagiere diesen dramatischen Abschnitt ihres Irrflugs fast mit Gelassenheit hingenommen. Gleich nach der Notlandung in Aden ist die technische Seite eines neuen Starts ausgiebig diskutiert worden. Fachmännisches und Laienhaftes hat man sich zugeflüstert und am Ende gewußt: »Das wird gefährlich. Vielleicht stürzen wir ab.«

Birgit Röhll registriert:

»Die Müdigkeit ist wie ein Schutzmantel. Man stumpft ab. Man hört auf, in längeren Zeiträumen zu denken. Entscheidend ist nur, was jetzt passiert, in diesem Augenblick. Solange ich mein Kind im Arm halte und es noch atmet, ist alles gut.«

Die »Landshut« hebt ab, zieht am Himmel eine große Schleife. Und irgendwie wirken die vier Terroristen jetzt etwas entspannter. Die kleinere der beiden Frauen, die mit dem feingeschnittenen Gesicht und der gepflegten Frisur, geht durch die Reihen der Passagiere, nachdem sie einen großen Schritt über den toten Jürgen Schumann hinweg gemacht hat, bleibt vor einem

Kind stehen und streichelt es. Aber die Mutter des Jungen denkt: »Du kannst dir noch soviel Mühe geben, freundlich zu sein. Ihr bleibt unsere Feinde.«

Die zierliche Terroristin kehrt zu der Leiche zurück. Zwei ihrer Komplizen und sie packen die Arme des Toten, heben seinen Oberkörper an und wickeln ihn notdürftig in eine Decke. Ein Mann aus den Reihen der Passagiere muß ihnen helfen, den Leichnam durch den Gang zum hinteren Ausgang der Maschine zu schleifen. Dort gibt es gegenüber der Toilette einen Abstellraum für die Sauerstoffflaschen, die auf diesem Irrflug schon mehrfach benutzt worden sind, weil die älteren unter den Reisenden keine Luft mehr bekamen.

Sie räumen die Behälter fort. Sie brauchen ihre ganze Kraft, um den schweren Körper des Mannes in die enge Kabine zu stellen.

Der Mann, der den Terroristen helfen mußte, kehrt an seinen Platz zurück. Sein durchgeschwitztes Oberhemd ist blutbesudelt.

Und die Mutter aus Berlin muß ständig an den Toten denken, der sich genau hinter ihrem Rücken befindet. Jedesmal, wenn jemand zur Toilette geht, hält sie den Atem an. »Um Gottes willen, hoffentlich verwechselt der nicht die Tür, dann fällt ihm eine Leiche entgegen.«

In dieser Nacht melden die Funkleitstellen: »Landshut« nimmt Kurs auf Kuwait. Aber dann biegt die Maschine plötzlich ab und fliegt Richtung Somalia.

Um 4.35 Uhr (MEZ) setzt der City-Jet in Mogadischu auf.

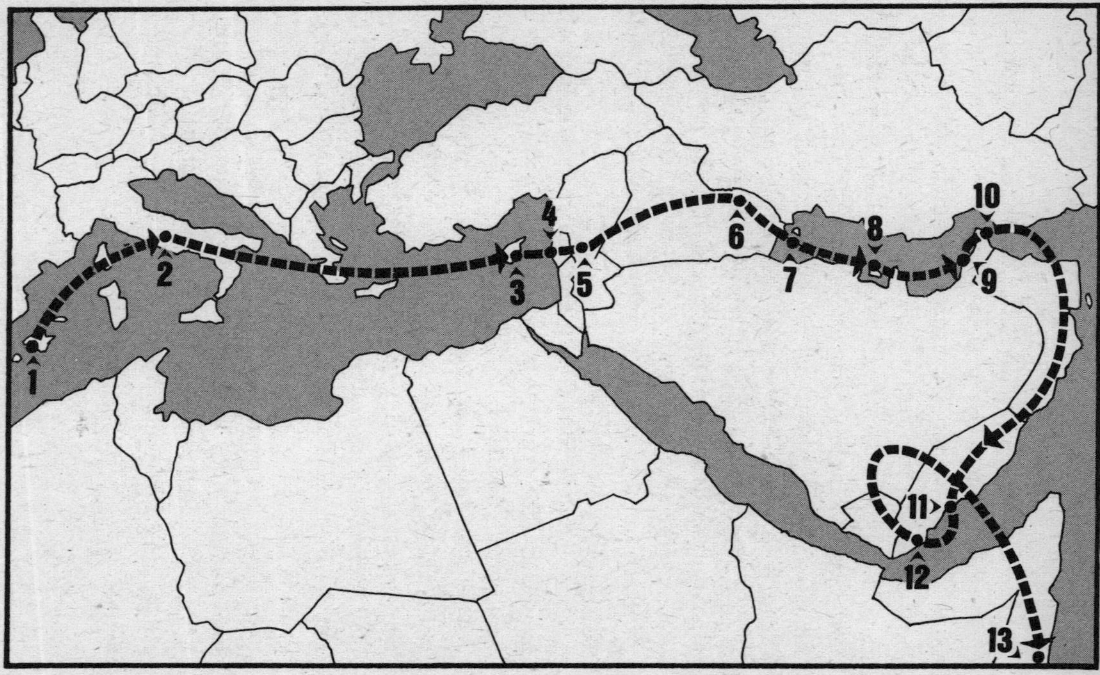
1
2
3
4
5
6
7
8
9
10
11
12
13

Die Flugroute der gekaperten LUFTHANSA-Boeing »Landshut«
(siehe gegenüberliegende Seite):

1	13.50	13. 10., Mallorca; Kursabweichung über Elba
2	15.45	Landung in Rom, 17.50 Start
3	20.28	Landung auf Zypern, 22.50 Start in Richtung Beirut
4	23.01	Flughafen Beirut gesperrt
5	23.14	Flughafen Damaskus gesperrt, Flug Richtung Bagdad
6	0.23	14. 10., Flughafen Bagdad gesperrt
7	0.58	Flughafen Kuwait gesperrt
8	1.54	Landung in Bahrein, 3.34 erneuter Start
9	3.45	Dubai geschlossen, 5.51 dennoch Landung in Dubai, 16. 10., 12.19 Abflug
10	13.20	Flughafen Oman gesperrt, 14.27 über Oman
11	14.50	Mißglückter Landeversuch in Riyan, Südjemen
12	15.52	Landung in Aden, 17. 10., 1.00 Start in Richtung Kuwait
13	4.35	Landung in Mogadischu

Die Uhr im Flur des Aschaffenburger Friedrich-Dessauer-Gymnasiums zeigt acht Uhr, als der Klassenlehrer der Sexta, Franz-Michael Ruderisch, seine Schüler auffordert, an diesem Montag die Insassen der entführten »Landshut« in ihr Morgengebet einzuschließen. Unter den Kindern, die mit ernsten Gesichtern und gefalteten Händen hinter ihren Tischen stehen, ist auch Mark, der 11jährige Sohn des Piloten Jürgen Schumann. Noch weiß er nicht, daß sein Vater tot ist – erschossen von einem Terroristen.

Am Freitag, dem Tag nach der Flugzeugentführung, ist Mark nicht zur Schule gekommen. Er wollte bei seiner Mutter und dem zweijährigen Brüderchen Dominik in dem weißen, 140 Quadratmeter großen Bungalow im Neubaugebiet Babenhausen-Ostviertel bleiben. Aber schon am Samstag ist er wieder zum Unterricht erschienen.

Während der Oberschüler Mark Schumann nach Schulschluß im Zug sitzt, der ihn nach Hause bringen soll, strahlt der Rundfunk in den 12-Uhr-Nachrichten eine Meldung über die Geschehnisse an Bord der »Landshut« aus. Noch ist die Nachricht nur eine unbestätigte Vermutung. Es heißt: Einer der Piloten – vermutlich Jürgen Schumann – ist von den Entführern erschossen worden.

Von dieser Minute an kommt Monika Schumann, die Ehefrau des Kapitäns, nicht mehr zur Ruhe. Immer wieder klingelt das Telefon. Bekannte und Fremde wollen sich nach dem Schicksal ihres Mannes erkundigen.

Seit mehr als dreißig Jahren leben die Eltern des Piloten in Babenhausen. Als Jürgen Schumann noch ein Kind war, zogen Vater und Mutter aus seinem Geburtsort Golditz-Grimmau in Sachsen nach Hessen. In Groß-Umstadt ging er zur Schule, bevor er Soldat wurde. Ganz Babenhausen nimmt nun Anteil an der Not der Pilotenfamilie.

Zuletzt hat Monika Schumann keine Kraft mehr, am Telefon die vielen Fragen zu beantworten. Von nun an meldet sich ihr Schwager Wolfgang und erklärt: »Es tut uns leid, wir geben in dieser Situation keine Auskunft.«

Um 12.15 Uhr an diesem Montag wird die Vermutung für Monika Schumann zur traurigen Gewißheit. Der Krisenstab der Lufthansa auf dem Frankfurter Flughafen teilt ihr die Todesnachricht mit. Trauer zieht in das gemütliche Eigenheim am Fuchsberg ein.

Noch am Morgen dieses Tages hat die Ehefrau des Kapitäns zu einem Kollegen ihres Mannes, der ihr Beistand leistete, gesagt: »Der einzige Hoffnungsfunke, den ich habe, ist seine Zähigkeit.«

Und nun ist plötzlich alles sinnlos geworden: Die Pläne für die Zukunft, der Stolz, den Jürgen Schumann empfunden hat, als er am 6. Mai 1977 sein erstes eigenes Kommando über eine Maschine übernahm.

Er hat seine Familie über alles geliebt, mehr noch als seinen Beruf. Von einem Freund stammt der Hinweis: »Der Pilotenjob ließ ihm wenig Zeit für Frau und die Kinder. Da hätte er es für Betrug an seiner Familie gehalten, wenn er seine Freizeit nicht den Angehörigen gewidmet hätte.«

In die Trauer mischt sich Verbitterung. Ein Kollege Schumanns erklärt: »Acht Jahre hat er als Starfighterpilot den Kopf für das Vaterland hingehalten. Jetzt, wo er das Vaterland gebraucht hätte, hat Bonn ihn im Stich gelassen.«

Verbitterung empfinden auch die Männer und Frauen, die an diesem Montagmittag vor dem Bonner Kanzleramt stehen. Es sind Angehörige der Geiseln, die auf ein klärendes Wort der Politiker warten. Niemand hat sie zu dieser Reise eingeladen oder aufgefordert, niemand hat die stumme Demonstration organisiert. Sie sind auf einmal da und fordern: »Wir möchten den Bundeskanzler sprechen.«

Aber Helmut Schmidt leitet bereits seit sechs Uhr 30 eine Sitzung des kleinen Krisenstabes, der sich später Beratungen des großen Krisenstabes anschließen. An dieser Sitzung nehmen die Spitzenpolitiker von Koalition und Opposition teil. Franz Josef Strauß, der inzwischen nach Saudi-Arabien abgereist ist, wird von seinem Stellvertreter Friedrich Zimmermann vertreten.

Noch dürfen die Verwandten der Geiseln, die vor dem Kanzleramt ausharren, nicht erfahren, daß in diesem Beraterkreis bereits eine Entscheidung gefallen ist. Eine Entscheidung, die geheimgehalten werden muß, wenn nicht alle Pläne zum Scheitern verurteilt sein sollen.

Aber trotz aller Zeitnot und Überanstrengung spüren die Politiker, daß sie den Angehörigen da draußen etwas sagen müssen, der Frau, die um ihren Mann bangt, den Eltern, die um die Rettung ihrer Tochter bitten, und dem kleinen Mike, der ein Schild bei sich trägt, auf dem geschrieben steht: »Herr Bundeskanzler! Ich will meine Mutti wiederhaben. Mike.« Seine Mutti ist eine der Schönheitsköniginnen, die die Mallorca-Reise als Preis gewonnen hatten, eine hübsche, lebenslustige Sparkassenangestellte. Jetzt ist sie in den Händen gnadenloser Terroristen.

Das Bild des Jungen, der auf so rührende Weise um

das Leben seiner Mutter bittet, wird am Abend als Appell an die Menschlichkeit vom Fernsehen gezeigt.

Schließlich ist es Staatssekretär Erich Haar vom Verkehrsministerium, der im Auftrag des Bundeskanzlers mit den Angehörigen spricht.

Keine leichte Aufgabe, denn allzuviel darf der Beamte von den Absichten der Bundesregierung nicht verraten. Er muß es hinnehmen, daß die Männer und Frauen ihm vorwerfen: »Ihr pokert um Menschenleben.« Sie erinnern ihn an den Fall des entführten Berliner CDU-Politikers Peter Lorenz. »Für ihn habt ihr doch auch Terroristen freigelassen. Warum jetzt nicht, da unsere Angehörigen in Lebensgefahr sind?«

Wie soll man den Menschen in dieser seelischen Ausnahmesituation klarmachen, daß es seit der Entführung des Peter Lorenz neue Erkenntnisse gegeben hat, daß es fast schon eine Binsenweisheit ist: Freigepreßte Terroristen kehren schnell wieder in die Bundesrepublik zurück, um erneut zu morden. Wie viele Menschen werden sie skrupellos töten, wenn die, die jetzt noch im Gefängnis sitzen, in den Untergrund zurückkehren?

Während Staatssekretär Haar noch mit den Verwandten der Geiseln redet, sie wissen läßt, daß in Mogadischu alles getan werde, um die Passagiere und die Besatzung zu retten, läuft wieder einmal ein Ultimatum ab. Es ist 15 Uhr (MEZ).

Mikes Vater legt den Arm um die Schulter seines Jungen, schließt die Augen und sagt: »Wir wollen fest an Mutti denken.«

Sie verlassen schließlich das Bundeskanzleramt mit dem Versprechen der Bundesregierung: »In Mogadischu wird alles getan, was in unserer Kraft steht, um das Leben Ihrer Angehörigen zu retten.« Und zum erstenmal fällt außerhalb der Beratungsräume das Zauberwort GSG 9 – die deutsche Anti-Terror-Gruppe. Es heißt, die Bundesregierung erwäge den Einsatz dieser hochqualifizierten Spezialisten – vorausgesetzt, die Regierung Somalias erteilt dazu ihr Einverständnis.

Die Verwandten der Geiseln werden zum Stillschweigen über dieses Vorhaben verpflichtet.

Seitdem die Nachrichtenagenturen die Landung der »Landshut« in Mogadischu gemeldet haben, ist ein Land in den Mittelpunkt des allgemeinen Interesses gerückt, von dem man in der Bundesrepublik nur wenig weiß. Aber das ist bald allen klar: Ohne Unterstützung der Regierung des 3,6-Millionen-Volkes kann es für den City-Jet keine Rettung geben.

Die meisten der Bewohner dieses armen Landes an der Meerenge des Golfes von Aden leben als Nomaden. Die Sowjets haben Somalia in der Vergangenheit kräftige Finanzhilfe geboten und dafür einen Flottenstützpunkt in der Stadt Beberbera einrichten dürfen. Mit seinem Nachbarn Äthiopien liegt das Land seit längerer Zeit im Krieg. Es geht dabei um die Provinz Ogaden.

Kann man von den Bewohnern dieses fernen Landstrichs Verständnis für die Sorgen um das Leben der Passagiere und Besatzungsmitglieder in der »Landshut« erwarten?

In diesen dramatischen Stunden haben einige hohe Bonner Beamte erwogen, die Befreiung der Geiseln ohne Rücksicht auf außenpolitische Komplikationen mit Waffengewalt vornehmen zu lassen. Aber davon wollte Bundeskanzler Schmidt nichts wissen.

In Mogadischu soll es kein zweites Entebbe geben. Auf dem Flughafen von Entebbe hatten israelische Soldaten bei einer Nacht-und-Nebel-Aktion ohne Genehmigung der dortigen Regierung ein gekapertes Flugzeug gestürmt und die Geiseln in einem Husarenstück ohne Beispiel befreit und abtransportiert.

Bonn aber braucht Somalias Hilfe. Bundeskanzler Helmut Schmidt ruft den Staatspräsidenten und Regierungschef von Somalia, General Siad Barre, an. Die Telefonverbindung ist schlecht. Der Offizier, der seit 1969 Vorsitzender des Revolutionsrates und Generalsekretär der sozialistisch orientierten Einheitspartei ist, die das Land beherrscht, hört die Namen der deutschen Terroristen Ensslin, Raspe, Baader, deren Gefährlichkeit der Bundeskanzler schildert, gewiß zum erstenmal. Aber er versteht: Die Deutschen sind in Not, weil sie einerseits die Terroristen aus den Gefängnissen nicht freilassen können, andererseits um das Leben der Menschen bangen, die in einer Boeing 737 in der Hauptstadt seines Landes gelandet sind.

Der 58jährige, hünenhafte, breitschultrige Regierungschef gilt als listenreich. Schon seit längerer Zeit möchte er sich von dem sowjetischen Einfluß befreien. Er ist ein kluger Mann, der sich als junger Polizeibeamter selber weitergebildet hat, bis er in dem damals von Italien verwalteten Treuhandgebiet den höchstmöglichen Rang bei der Polizei seines Heimatlandes erreichte. Auf einer italienischen Militärakademie hat er studiert und sich mit politischen und administrativen Problemen beschäftigt. Und er ist ein Mann der Tat: Als im Oktober 1969 der Staatspräsident seines Landes ermordet wurde, organisierte er einen Militärputsch und wurde Vorsitzender des Obersten Revolutionsrates.

Am Ende des einstündigen Gesprächs mit dem deutschen Bundeskanzler, das immer wieder durch Knarren und Rauschen unterbrochen wird, läßt er durchblicken, daß er helfen wird – vielleicht erweist sich die Bundesrepublik dankbar. Denn Somalia braucht für seinen Krieg Geld und Waffen.

Kurz nach diesem entscheidenden Telefonat gibt der Sprecher der Bundesregierung, Staatssekretär Klaus Bölling, vor den Journalisten in Bonn folgende Erklärung ab:

> »Der große Beratungskreis der Bundesregierung mit den Partei- und Fraktionsvorsitzenden und mit den Ministerpräsidenten der vier betroffenen Bundesländer (Anmerkung der Verfasser: Gemeint sind die Bundesländer, in denen die Terroristen einsitzen, die von den Entführern freigepreßt werden sollen) hat heute morgen die gegenwärtige Lage analysiert und über die jetzt notwendigen Schritte beraten.
> Das Ziel der Bundesregierung ist und bleibt, das Leben der Geiseln zu retten, die sich in der Gewalt von Leuten befinden, die durch den Mord in Aden in der vergangenen Nacht bewiesen haben, wessen sie fähig sind.
> Die Bundesregierung handelt in diesen Stunden in engster Abstimmung mit der somalischen Regierung. Dem Präsidenten von Somalia, Generalmajor Barre, ist in einem fast einstündigen Gespräch vom Bundeskanzler dargestellt worden, um welche Täter es sich handelt und wie viele Morde und Mordversuche von den Terroristen bei uns in Deutschland zu verantworten sind.
> Das Gespräch war leitungstechnisch nicht befriedigend.

Deshalb ist der wesentliche Inhalt der Mitteilung des Bundeskanzlers nachher per Telex an unsere Botschaft in Mogadischu geschickt worden. Staatsminister Wischnewski hat diese Mitteilung kurz nach seinem Eintreffen in Mogadischu dem somalischen Präsidenten übergeben und in Einzelheiten erläutert.

Mit der Regierung der Vereinigten Staaten, mit der britischen Regierung und der Regierung von Saudi-Arabien stehen wir nach wie vor in ständigem Kontakt.

Der Vorsitzende der CSU, Herr Dr. Strauß, der sich, wie Sie wissen, gerade in Saudi-Arabien aufhält, ist durch die Bundesregierung über alle wichtigen Entwicklungen und Tatsachen unterrichtet worden und hat daraufhin auch von sich aus in einem Gespräch mit König Schalid die saudische Regierung um weitere Unterstützung gebeten und sich für alles das, was die Regierung in Riad bereits hier getan hat, bedankt.«

Nach der Landung in Mogadischu setzen die Entführer ein neues Ultimatum: Am Montag, 17 Uhr Ortszeit, wird die »Landshut« mit den Passagieren und den Besatzungsmitgliedern gnadenlos in die Luft gesprengt, wenn die Terroristen aus den deutschen Gefängnissen bis dahin nicht befreit und eingetroffen sind. Was nun folgt, ist eine Demonstration ihrer Entschlossenheit, auch vor dem Letzten nicht zurückzuschrecken.

Wieder suchen die vier Entführer aus den Reihen der Passagiere einen Mann aus, der mit zupacken muß.

Nach mehreren vergeblichen Versuchen gelingt es ihnen, die hintere Notrutsche auszufahren und die Leiche Schumanns nach draußen zu schieben. Wie unnötiger Ballast, von dem man sich gerne trennt, lassen sie ihn fallen. Die Decken, in die der Tote eingehüllt ist, sind blutgetränkt. Und auch auf dem Boden bleibt eine rote Schleifspur zurück. Irgend jemand legt später eine dunkelblaue Strickjacke auf den langen Blutfleck.

Birgit Röhll, die als Lufthansa-Angestellte mit der Technik der Maschine einigermaßen vertraut ist, denkt: »Mein Gott, wenn wir jetzt weiterfliegen und irgendwo befreit werden sollen, können wir die Notrutsche nicht mehr benutzen. Deine Flucht zu den hinteren Plätzen ist sinnlos geworden.« Denn eine einmal ausgefahrene Notrutsche kann nicht ein zweites Mal ohne weiteres verwendet werden.

In diesem Augenblick, da der tote Jürgen Schumann langsam ins Freie rutscht, spricht ein Fernsehreporter einen Text in sein Mikrofon, den später Millionen Fernsehzuschauer hören werden:

»Vor etwa 45 Minuten ist die Maschine der Lufthansa hier in Mogadischu gelandet. Wie wir von einem Vertreter der deutschen Botschaft erfahren, ist der Kapitän erschossen worden. Sein Leichnam, so hieß es, soll aus dem Flugzeug abtransportiert werden. Es darf niemand das Flugzeug verlassen. Nicht die Kranken, nicht die Kinder, nicht die Alten. Wie es weitergeht, weiß im Moment niemand.

Jetzt wird eine Notrutsche runtergelassen. Immer mehr somalische Offiziere nähern sich der Maschine. Das Ultimatum ist auf 17 Uhr (Ortszeit) verlängert worden. Ein roter Wagen nähert sich dem Flughafen. Wir können drei Personen ausmachen. Sie gehen an die Rutsche. Ein Mensch wird heruntergelassen und in den roten Wagen gebracht. Der rote Wagen kommt, eine Ambulanz. Der Tote ist Flugkapitän Schumann.«

Zu den Abbildungen siehe S. 190

Lufthansa
DUBAI INTERNATIONAL AIRPORT
ALBERT ABELA
ONATA

2

3

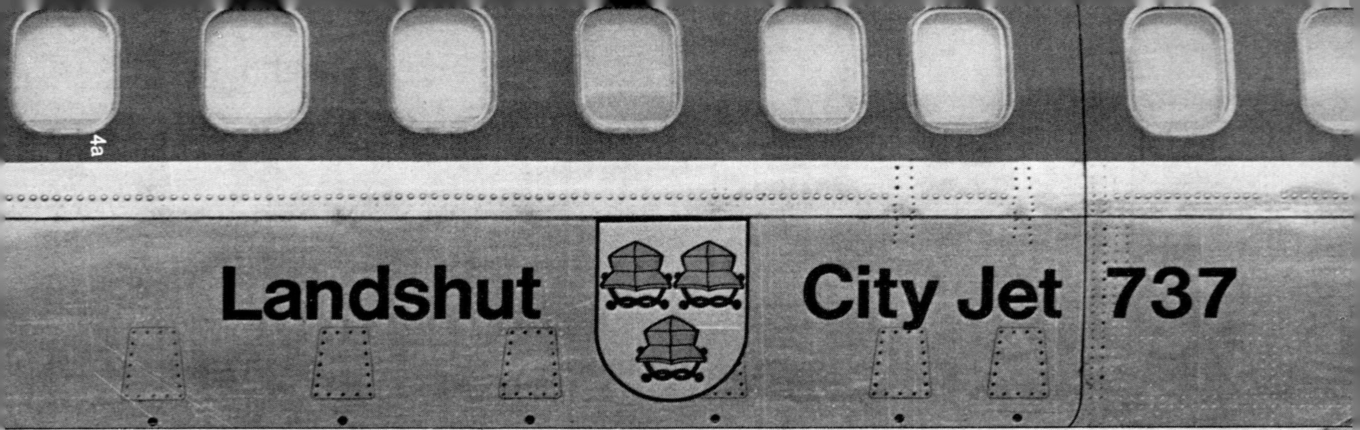

4a

4b

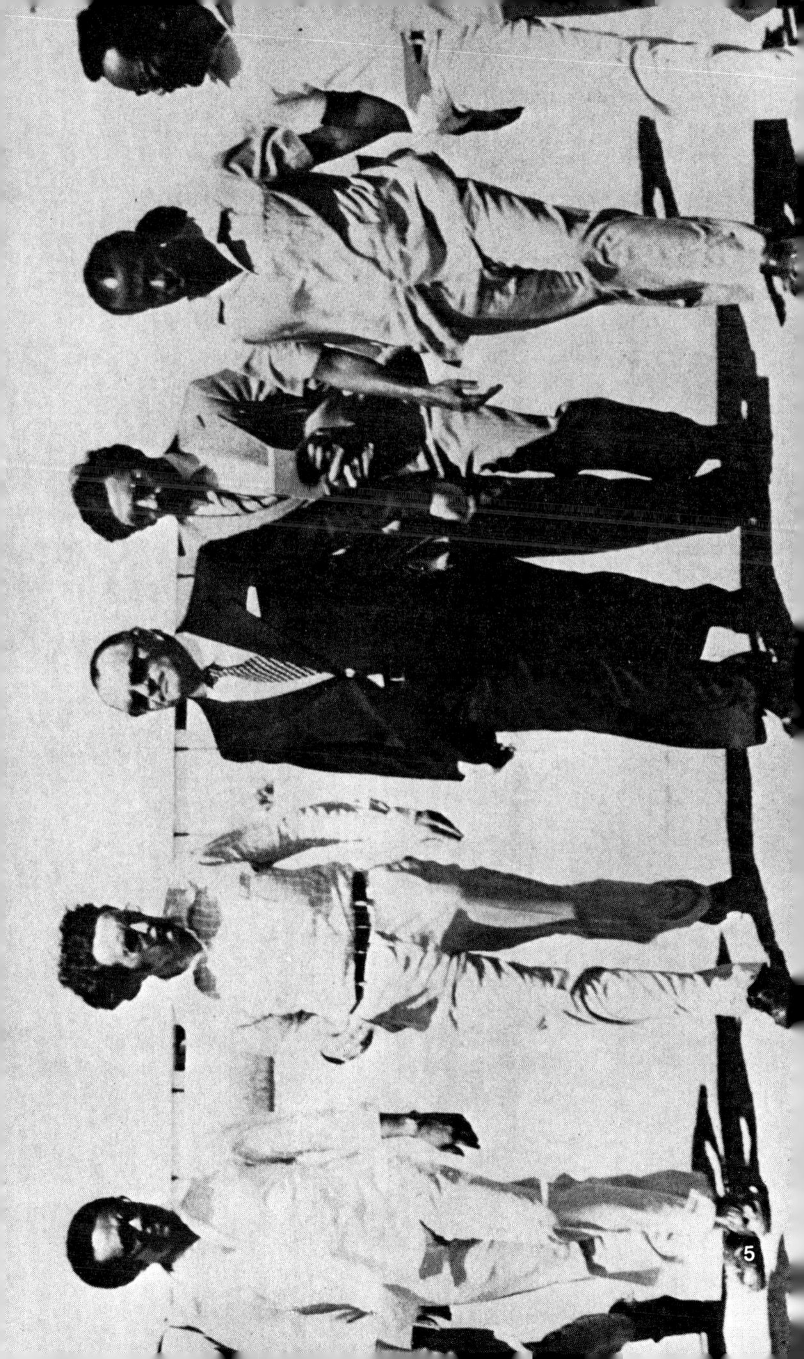

5

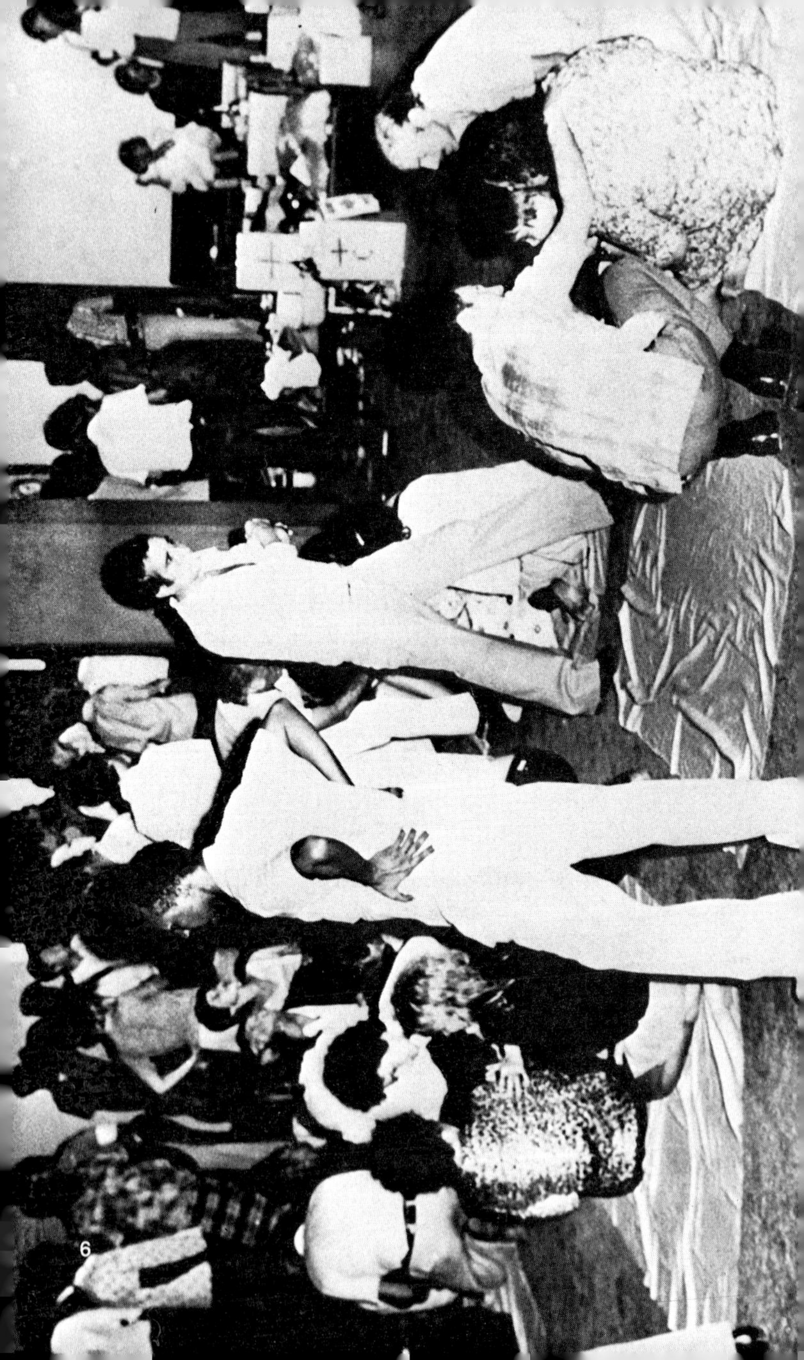

6

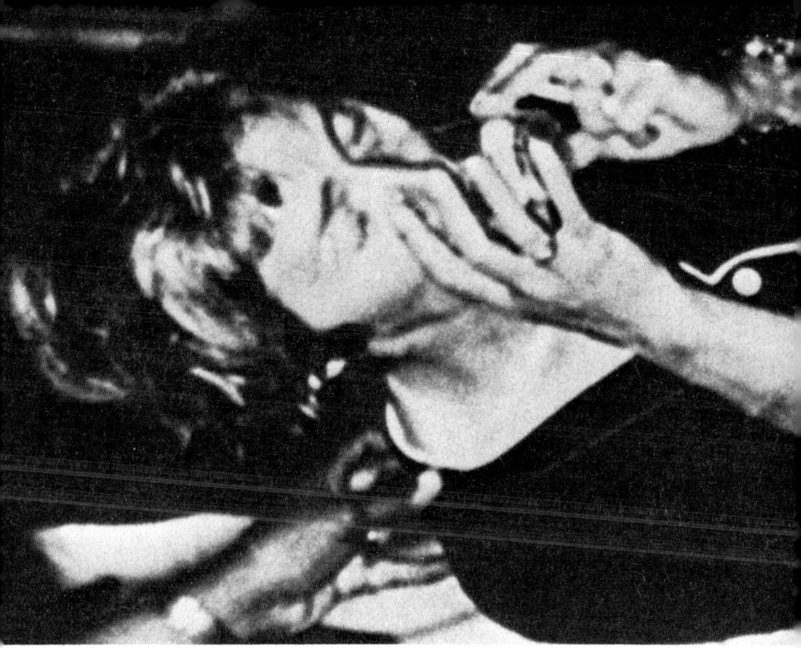

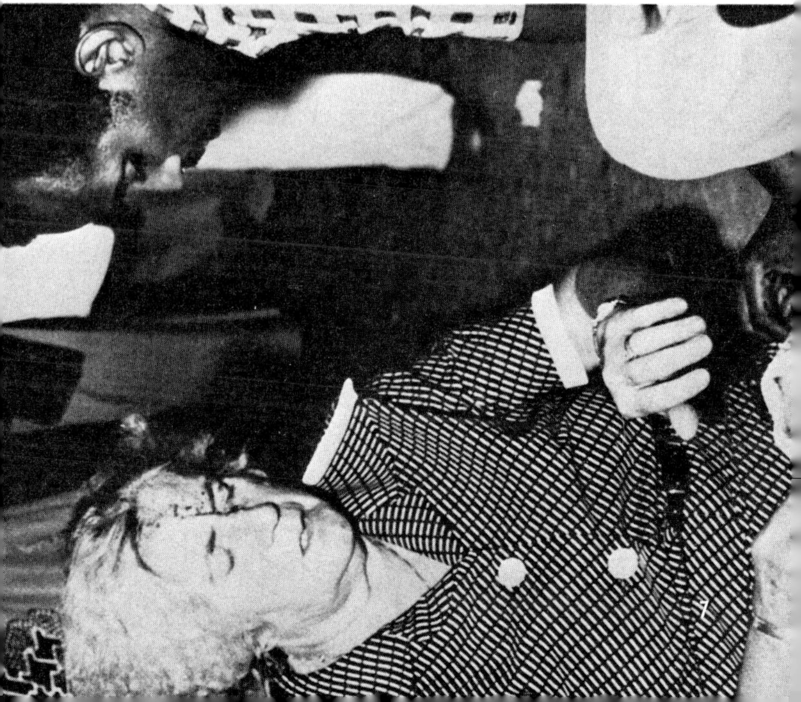

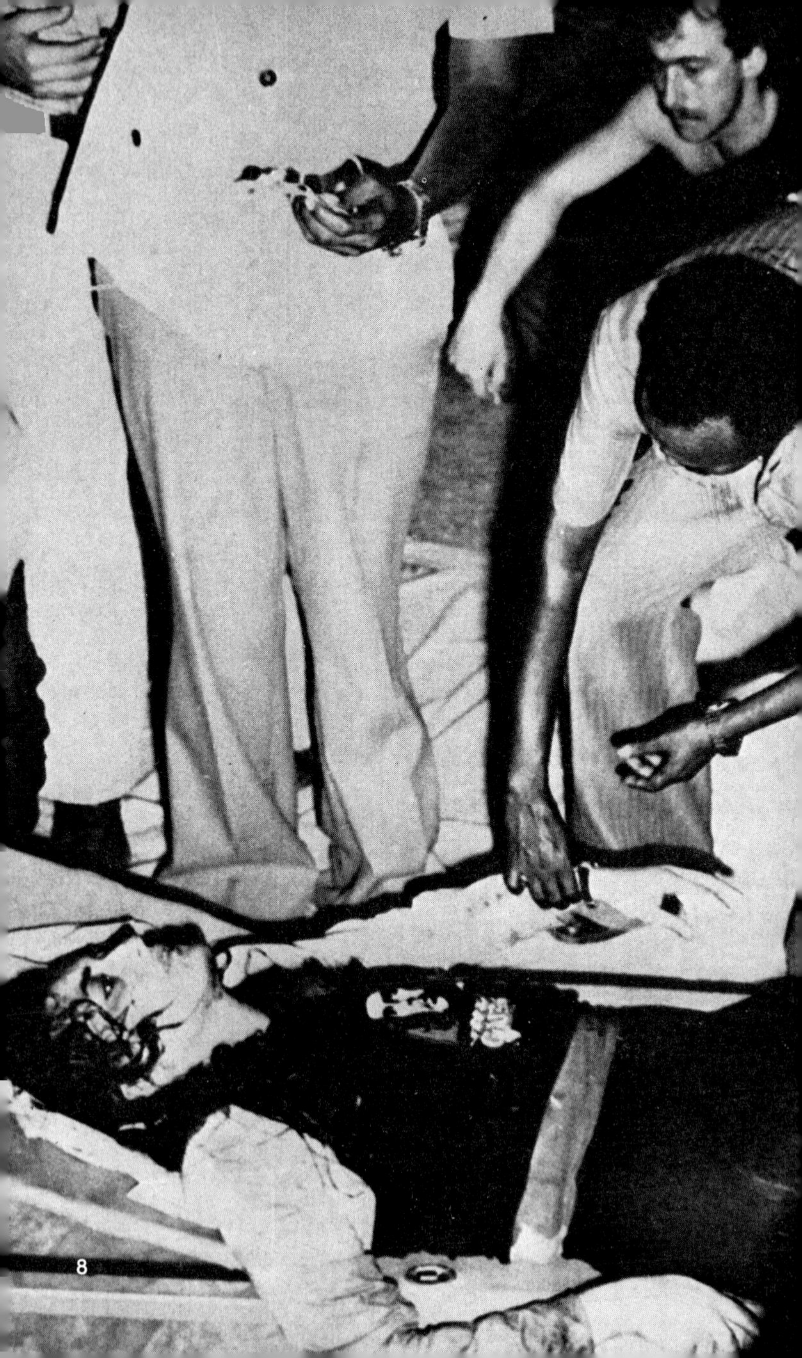

8

Lufthansa
Köln

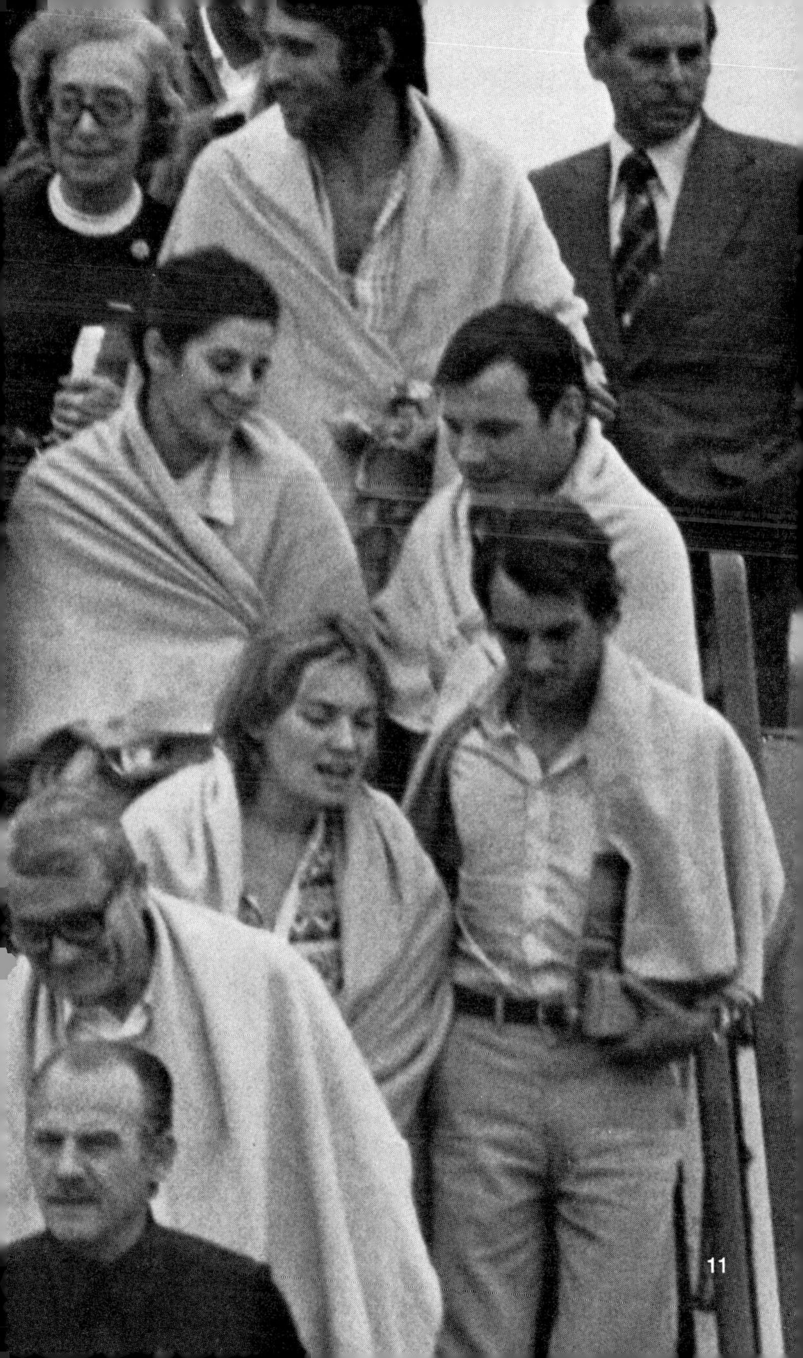

12
52 069
Flughafen
Frankfurt/M.

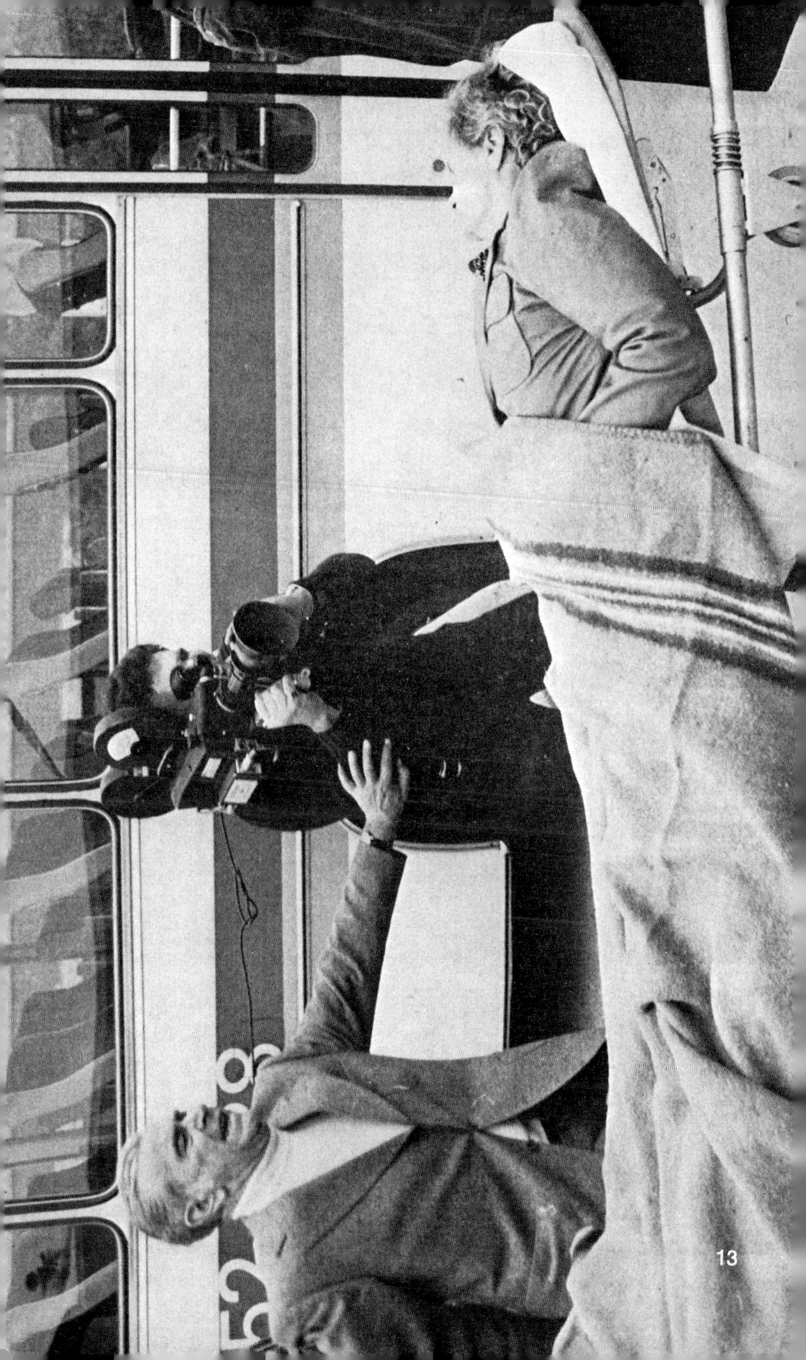

14

Der Mann, der den Terroristen beim Transport der Leiche helfen muß, wird später aussagen: »Ich habe darauf geachtet, daß ich den Toten nur an der Bekleidung anfaßte, weil ich die Berührung scheute.« Damit versuchte er, seinem Abscheu vor dieser schändlichen Handlungsweise Ausdruck zu verleihen.

Auch die anderen Geiseln haben die Szene mit Verbitterung mitangesehen. Ihre Hände ballen sich unwillkürlich zu Fäusten. Eine Frau sagt leise zu ihrer Nachbarin: »Die arme Familie.«

Aber als ein Terrorist aus dem hinteren Teil des Flugzeugs zurückkehrt und sich die Hände an seiner Hose abwischt, spricht sie aus Angst nicht weiter.

Noch nie ist die Stimmung an Bord so explosiv gewesen wie in diesem Moment, da die Entführer ihre Menschenverachtung zur Schau stellen. Die Blicke der Stewardessen haben etwas Beschwörendes. Sie signalisieren: »Um Gottes willen, verliert jetzt nicht die Nerven, sonst ist alles aus.«

Obwohl gerade kein Sprechverbot besteht, ist es ganz still in der »Landshut«. Es scheint so, als würden alle – außer den Entführern, die sich unterhalten, als sei nichts geschehen – eine Gedenkminute für den tapferen Flugkapitän einlegen. Unbemerkt aber haben sich die Passagiere in zwei Lager aufgeteilt. Die einen sind zum Sterben bereit, sehen im Tod eine Erlösung von den Qualen. Sie können es nicht mehr mit ansehen, wie Wehrlose geprügelt und getreten werden. Längst haben es die Terroristen aufgegeben, ihre Opfer hinter den Vorhang zu zerren, wenn sie wieder einmal zuschlagen. Alle müssen Zeugen der Folter werden.

Die, die zum Sterben bereit sind, beten: »Lieber Gott, mach, daß es zu Ende ist.«

Eine 17jährige faltet die Hände und wiederholt immer nur die beiden Worte: »Vater unser.« Den Rest des Gebetes hat sie vergessen.

Unter denen, die um jeden Preis überleben wollen, sind die Mütter und Väter, die mit ihren Kindern an Bord gegangen sind. Es wird ihnen nicht leichtgemacht, sich ein bißchen Hoffnung zu bewahren.

In wenigen Stunden läuft in Mogadischu wieder ein neues Ultimatum ab. Es wird das letzte sein, sagen die Terroristen. An diesem Montag, um 17 Uhr Ortszeit, sollen sie sterben.

Mahmud kramt grinsend Sprengstoff aus seiner Reisetasche, fuchtelt damit in der Luft herum und sagt: »Es gibt einen Riesenknall. Dann sind wir alle weg. Aber vorher werfen wir eure Pässe aus dem Flugzeug, damit die Nachwelt weiß, wer hier gestorben ist. Ihr sollt eine schöne Trauerfeier haben.«

Eine der jungen Schönheitsköniginnen sucht den Blick der zierlichen Terroristin, die nicht viel älter ist als sie selbst. Die Frau hebt die Schultern und sagt mit seltsam tonloser Stimme: »Ich bin schon oft gestorben. Es geht ganz schnell. Angst habe ich nicht mehr.«

Mahmuds Komplize, den Birgit Röhll den »Sanften« getauft hat, sitzt mit seltsam ausdrucksIosen Augen in einem Sessel, läßt seine Pistole in Wildwestmanier um den Zeigefinger kreisen und tut so, als gehe ihn das alles nichts mehr an. Oder ist er einfach zu erschöpft, um die Passagiere weiterhin zu bedrohen?

Plötzlich schrecken alle auf, die die sterben wollen, und die, die um jeden Preis überleben möchten. Mahmud brüllt: »Hört ihr, es wird nichts von euch übrigbleiben, wenn wir in die Luft fliegen. Ihr könnt euch bei eurer Regierung dafür bedanken.«

Die Mütter und die Väter, die sich für ihre Kinder verantwortlich fühlen und darum nicht aufgeben wollen, sind hellwach, wie Tiere, die Gefahr wittern.

Birgit Röhll denkt: »Hoffentlich dreht jetzt keiner durch. Es braucht nur einer die Nerven zu verlieren, dann machen sie ihre Drohung wahr. Der Mann vor mir grinst schon wieder so merkwürdig. Die ganze Zeit grinst er, so als sei er schon dem Geschehen entrückt. Lieber Gott, laß nicht zu, daß er aufsteht und eine Dummheit macht. Das wäre das Ende.«

Vor Birgit Röhll – ein paar Reihen weiter – sitzt ein junges Mädchen neben seiner Mutter. Es zittert am ganzen Körper. Die Worte klingen wie ein Aufschrei: »Ich kann nicht mehr. Ich will raus!«

Sofort legt sich eine Hand auf die Schulter der Weinenden, und eine Stimme flüstert: »Beruhigen Sie sich doch. Es wird ja alles wieder gut.«

Ein altes Ehepaar um die Achtzig sind die Sorgenkinder aller Passagiere. Der alte Herr scheint schon seit langer Zeit nicht mehr zu verstehen, was um ihn herum vorgeht. »Jetzt gehe ich nach Hause. Ich habe soviel Arbeit auf dem Schreibtisch. Herr Ober, bitte zahlen! Ich muß noch das ganze Geld auf die Bank bringen«, redet er ständig vor sich hin.

Eine der Terroristinnen, die kräftigere, mit dem bösen flackernden Blick, nähert sich langsam den Alten. Der Mann steht auf und sagt: »Bitte, knipsen Sie mal das Licht an. Darf ich fragen, was Sie in meinem Haus machen?«

Die Nachbarn ziehen ihn mit Gewalt wieder zurück in den Sessel. Sie haben Angst, daß die Frau den alten wehrlosen Mann schlägt. Kaum ist diese groteske Szene zu Ende, da sagt die weißhaarige Dame in die Stille hinein: »Ich muß zum Friseur. So kann ich nun wirklich nicht mehr herumlaufen.«

Noch eine halbe Stunde bis zur Hinrichtung. Stewardeß Gaby Dillmann geht in das Cockpit und ergreift das Bordmikrofon. Sie ruft den Tower von Mogadischu. Ihre Hände zittern nicht mehr. Das haben die Beruhigungstabletten, die sie vorher geschluckt hat, bewirkt. Ihre Stimme klingt fast sachlich, als sie spricht: »Mein Name ist Gaby Dillmann. Man hat mir zum letztenmal erlaubt, mich aus dem Cockpit zu melden. Ich hoffe, daß Sie mich im Tower verstehen können und diese Mitteilung an die Verantwortlichen weitergeben, auch an den Bundeskanzler. Wir wissen jetzt, daß dies das Ende ist. Wir sind alle zu jung zum Sterben, auch die Alten unter uns sind zu jung dazu. Aber vielleicht ist es besser zu sterben, als in einer Welt zu leben, in der Menschenleben nur wenig zählen. Ich hoffe, daß alle, die für unseren Tod verantwortlich sind, mit ihrem Gewissen leben können.«

Diesen erschütternden Appell eines jungen Mädchens, das an den Ereignissen gewachsen ist, hört im Cockpit der Sondermaschine von Staatsminister Wischnewski ein Mann, der die Stimme erkennt. Gaby Dillmann ist die Verlobte des Copiloten der Maschine, die gerade zur Landung in Mogadischu ansetzt. Seit Dubai fliegt er der Frau nach, die er bald heiraten will. Oder wird es dazu gar nicht mehr kommen?

Auch oben im Tower ist Gaby Dillmanns Nachricht verstanden worden. Ein hoher Offizier der somalischen Polizei versucht noch einmal, den Entführern ein

Tauschgeschäft anzubieten: Freies Geleit für die Terroristen, wenn sie ihre Geiseln freigeben.

Doch dafür hat Mahmud nur ein höhnisches Lachen übrig.

Inzwischen ist Wischnewskis Sondermaschine auf dem Flugplatz gelandet. Er hat bewußt eine Abweichung von der normalen internationalen Strecke, die über Äthiopien führt, in Kauf genommen, weil er die Empfindlichkeit der afrikanischen Völker kennt. In Somalia hätte man es ihm übelgenommen, wenn seine Sondermaschine über das Hoheitsgebiet des Kriegsgegners hereingeflogen wäre.

Aber jetzt drängt die Zeit. Die vier Terroristen haben sich noch einmal mit einer Verlängerung des Ultimatums bis 15.30 Uhr MEZ (17 Uhr Ortszeit) einverstanden erklärt. Der Flugplatz soll von Fahrzeugen geräumt werden, denn in einem seltsamen Anflug von Entgegenkommen haben die Kidnapper gesagt: »Wir möchten bei der Sprengung keine weiteren Schäden verursachen.«

Noch dreißig Minuten bis zum Tod . . .

Staatsminister Wischnewski zieht die Jacke seines blauen Anzugs aus und wirft sie im Tower von Mogadischu achtlos über einen Stuhl. Sein Oberhemd ist verschwitzt. Zum erstenmal wirkt auch er, von dem sonst soviel Gelassenheit ausgeht, nervös.

Er muß Zeit gewinnen! Er muß die Entführer der »Landshut« noch einmal dazu überreden, das Ultimatum zu verlängern. Es gelingt ihm schließlich, den Mann am Mikrofon, der mit der deutschen Maschine in Kontakt steht, zu einer Notlüge zu überreden.

»Hören Sie«, sagt der Sprechfunker, »ich erfahre gerade, daß in wenigen Minuten ein Bevollmächtigter der Bundesregierung hier eintreffen wird, der Ihnen eine sehr wichtige Mitteilung zu machen hat.«

Mahmud, der Terrorist, antwortet nicht.

Es ist still geworden im Tower von Mogadischu. Und in die Stille hinein fragt der somalische Polizeioffizier den Vertreter der deutschen Bundesregierung: »Und wer übernimmt die Verantwortung, wenn jetzt die Maschine in die Luft gesprengt wird?«

»Die Verantwortung übernehme ich«, antwortet der Staatsminister.

Kurz darauf erklärt sich der somalische Staatspräsident Generalmajor Barre endgültig damit einverstanden, daß die Sondermaschine mit den GSG-9-Männern in Mogadischu landet. Bis dahin war er einer klaren Entscheidung immer noch ausgewichen.

Seit Minuten kreist der Langstrecken-Jet über Djibouti am Roten Meer. Der Pilot wartet auf den Befehl, in Mogadischu zu landen. Der Befehl muß bald kommen, denn in den Treibstofftanks wird der Sprit knapp. Am Mittag ist die Maschine von einem NATO-Luftwaffenstützpunkt aus auf der Insel Kreta gestartet. Dort hatte die Besatzung auf ihren Einsatz gewartet.

In der Kabine des Jets sitzen sechzig Männer im Alter zwischen 25 und 45 Jahren. Ihre Gesichter wirken eher gelangweilt als gespannt. Sie reden über Belanglosigkeiten, Alltägliches. Und dennoch fiebern sie der Landung und ihrem Einsatz entgegen.

Die Männer der Grenzschutzgruppe 9 bereiten sich auf ihre Feuertaufe unter dem Kommando ihres Chefs, Polizeidirektor Ulrich Wegener, vor. Die Feuertaufe soll in Mogadischu stattfinden.

Die Beamten, die Zivil tragen, sind das Beste, was die Bundesrepublik im Kampf gegen den brutalen Terror aufzubieten hat. In ihrer Dienstanweisung BSG I-630309/1 steht, daß sie vor allem in »Fällen von Mord und Totschlag, Menschenraub, Geiselnahme und räuberischer Erpressung« eingesetzt werden.

Doch nur wenn der Bundesinnenminister seine Zustimmung gibt und wenn sie von einem Bundesland zur Hilfe gerufen werden, dürfen die »Supermänner« eingreifen.

Bis zum Einsatz in Mogadischu hat man sie selten gerufen. Ihr Dienst beschränkte sich vorwiegend auf den Schutz prominenter Persönlichkeiten. Schon fragten sich einige Politiker, ob die 10 Millionen Mark, die der Bund im Laufe der Zeit in die Anti-Terror-Einheit investiert hat, nutzbringend angelegt worden seien. Seit dem Olympia-Massaker von Fürstenfeldbruck, bei dem 17 Menschen im Kugelhagel starben, gibt es die GSG 9. Der damalige Bundesinnenminister Hans-Dietrich Genscher hatte sich nach den bitteren Erfahrungen von München für die Bildung dieser Elitetruppe eingesetzt.

Rund 170 Freiwillige, die alle den normalen einjährigen Dienst im Bundesgrenzschutz hinter sich haben, sind in dem supermodernen Gebäude in Sankt Augustin bei Bonn stationiert. Wer zu dieser Einheit gehören will, darf kein Abenteurertyp sein, muß über Selbstkontrolle verfügen. Der Kommandeur drückt das so aus: »Wir brauchen Leute, die auch gelernt haben, nicht zu schießen.«

Fünf Jahre lang haben sich diese Männer auf den Tag X vorbereitet. Auf ihrem Tagesprogramm stand hartes sportliches Training, insbesondere Karate,

Schießen, Unterricht in Psychologie und Rechtskunde. Und auch das lautlose blitzschnelle Stürmen eines Flugzeugs haben sie immer wieder geübt. Jetzt sitzt jeder Griff wie im Schlaf.

Einer ihrer Lehrmeister war ausgerechnet der Brasilianer Carlos Marighella, das Vorbild aller Stadtguerilleros, von dem die Erkenntnis stammt, daß Guerillaeinheiten eine Stärke von fünf bis acht Kämpfern nicht überschreiten dürfen. Daraus hat auch die GSG 9 in sinnvoller Übernahme dieses Prinzips ihr taktisches Anti-Terror-System entwickelt. Die Beamten haben gelernt, in kleinsten Einheiten zu operieren.

In ihren Waffenkammern liegt nur das Teuerste, was die internationale Waffenindustrie zu bieten hat: Spezialgewehre für Präzisionsschützen vom Typ Mauser 66 (Stückpreis DM 3000,–), Pistolen vom Typ P9S 9 mm und Smith-and-Wesson-38-Special-Revolver. Die Ausrüstung, die für den Einsatz in Mogadischu in den Landstrecken-Jet verladen wurde, wird ergänzt durch hochempfindliche Restlichtaufheller vom Typ »Eulenauge« für nächtliche Aktionen, federleichte Maschinenpistolen, Spezialhandgranaten, Horch- und Funkgeräte.

Die englische Anti-Terror-Truppe *Special Air Service (SAS)*, die bereits zwei ihrer besten Männer nach Dubai entsandt hatte, stellte für den Einsatz in Somalia sogenannte »Verblüffungsgranaten« zur Verfügung. Sie explodieren mit einer Helligkeit von ungefähr 50 000 Watt und verursachen dabei einen unvorstellbaren Krach, so daß der Gegner 6 bis 8 Sekunden lang völlig gelähmt wird. Nur 15 Zentimeter lang sind diese Sprengkörper, die aus einem weichen Material bestehen, das bei der Explosion splitterfrei zerstäubt.

Kommandeur dieser Elitetruppe ist Polizeidirektor Ulrich Wegener, der nun zum erstenmal beweisen kann, was seine Männer gelernt haben. Dieser einsilbige, hagere, drahtige Mann liebt keine großen Worte. Nichts haßt er mehr, als Auskunft über sich selbst geben zu müssen. 1929 wurde er in Jüterbog, südlich von Berlin, geboren, diente bei der Polizei und ging 1958 zum Bundesgrenzschutz. Er wurde Stabsoffizier im Innenministerium und schließlich Grenzschutzadjutant des damaligen Innenministers Genscher.

Ulrich Wegener hat sich auf sein Kommando gut vorbereitet. Er absolvierte Lehrgänge an der NATO-Verteidigungsakademie in Rom und eine Spezialausbildung bei einer israelischen Fallschirmjägereinheit. Das geflügelte Wort dieses Beamten lautet: »Verlange von anderen nur das, was du selber bereit bist zu geben.«

In Mogadischu sind Wegener und seine Elitemänner bereit, notfalls ihr Leben zu geben. Doch noch warten sie auf den Einsatzbefehl.

In dem an Terroristenbekämpfung gewöhnten Israel, in Tel Aviv, empfängt an diesem Montagnachmittag der Funkamateur Miki Gurdus mit seinem Gerät den Dialog zwischen dem Piloten der GSG-Sondermaschine und der Bodenstation in der Heimat. Diese Gesprächsfetzen spiegeln die Ungeduld der Männer auf dramatische Weise wider.

Am Abend berichtet Miki Gurdus im israelischen Fernsehen über das belauschte Gespräch.

Der Pilot fragt: »Wann können wir in Mogadischu landen?« Und dann: »Nein, eine Landung in Djibouti wollen wir nicht riskieren. Die stellen dort zu viele Fragen.«

Endlich kommt das befreiende Wort: Somalias Staatschef, General Barre, hat seine Erlaubnis zur Landung in Mogadischu gegeben.

Die blonde Stewardeß Gaby Dillmann hat über das Bordmikrofon der »Landshut« ihren anklagenden Appell zum Tower geschickt. Dann kam die Antwort: »Warten Sie noch mit der Sprengung. Ein Vertreter der Bundesregierung ist mit wichtigen Mitteilungen an Sie unterwegs.« Und noch einmal der Funkspruch: »Verlieren Sie nicht die Geduld. Wir melden uns gleich wieder.«

An eine glückliche Wendung ihres Schicksals können die Passagiere nicht mehr glauben. Einige kramen die gehorteten Vorräte hervor, kauen mechanisch das, was ein paar Stunden zuvor vom Flughafengebäude zur Maschine gebracht worden ist: Brot und Ziegenkäse. Mit seltsam entrückten Blicken schlürfen sie das Getränk, das aus faulig schmeckendem Milchpulver hergestellt ist. Sie nehmen die Henkersmahlzeit ein.

Nur ein kleines Kind plappert munter vor sich hin. Die kleinere der beiden Terroristinnen hat versprochen, den Jungen zu erschießen, bevor das Flugzeug in die Luft gesprengt wird. Sie hat den kleinen Kerl mit dem Blondschopf sichtlich ins Herz geschlossen. Ein Gnadenschuß, bevor die Explosion den Aluminiumkörper der »Landshut« zerfetzt, ist ihre Art, Güte zu zeigen.

Der 10jährige Stephan beginnt leise zu weinen, weil er ahnt, daß nun etwas sehr Ernstes bevorsteht. Noch ein paar Stunden zuvor hat er den Terroristen ohne Furcht geantwortet: »Nein, meine Mutter ist keine Jüdin.« Weil ihm die Zusammenhänge zwischen jüdischer Nationalität und Haß nicht klar waren.

Die Mutter nimmt ihn fest in ihren Arm und flüstert: »Du darfst jetzt nicht weinen. Du mußt mich doch beschützen. Ich brauche dich.« Da sieht das Kind die Frau ernst an, wischt sich mit dem Handrücken die Tränen vom Gesicht und sagt: »Du hast ja recht, Mutti. Ich weiß, daß ich nicht weinen darf.«

Der Mann, der links neben der Berlinerin sitzt, ist Ausländer. Spanier. Er spricht nicht ihre Sprache. Wortlos greift er nach der Hand der Mutter und führt sie an seine Lippen. Als Birgit Röhll sie langsam wieder zurückzieht, merkt sie, daß ihre Hand feucht von Tränen ist. Die Furcht vor dem Tod hat sie alle gleichgemacht, die Männer und Frauen, die Kinder und Greise.

Die Angst sucht ein Ventil. Verbitterung macht sich unter den Passagieren breit: Warum läßt uns Bonn so im Stich? Warum müssen ausgerechnet wir geopfert werden?

Waltraud Gross, deren elegantes Kostüm längst nicht mehr weiß, sondern verschwitzt und verknittert ist, wundert sich, woher sie auf einmal die Kraft nimmt. Zu ihrem Nachbarn sagt sie: »Die in Bonn können doch gar nicht den Forderungen der Terroristen nachgeben. Stellen Sie sich einmal vor, was daraus wird. Die kommen wieder in unser Land, um zu morden. Ich verstehe die Haltung der Politiker.«

Der Mann neben ihr nickt. »Irgendwie haben Sie wohl recht, aber daß ausgerechnet ich es sein soll, der geopfert werden muß, das verstehe ich nicht.«

Die Passagiere zucken zusammen, als sich Mahmud mit seiner knarrenden, scharfen Stimme wieder über den Lautsprecher meldet: »Ladies and Gentlemen, das ist das letztemal, daß ich zu Ihnen spreche. Wir sehen uns in einer anderen Welt wieder. Eure Regierung hat es abgelehnt, auf unsere Forderungen einzugehen. Die Hinhaltetaktik können wir nicht mehr länger mitmachen. Ihr müßt sterben.«

Zum erstenmal haben die Menschen an Bord der »Landshut« das Gefühl, daß der jüngere der beiden Terroristen bereit ist, sich gegen den Befehl seines Chefs aufzulehnen. Ganz weiß ist er im Gesicht geworden. Die Pistole in seiner Hand zittert. Er steht unschlüssig zwischen den Reihen, er schüttelt ungläubig den Kopf.

Aber dann trifft ihn ein Blick des Anführers, der die Kabine betritt, und er fügt sich in das Unvermeidliche. Er dreht sich um, murmelt etwas vor sich hin, und die, die seine Worte gehört haben, schwören darauf, er habe gesagt: »Und ich wollte doch Ingenieur werden.«

Die Vorbereitungen für die Massenhinrichtung in dem Flugzeug laufen mit grausamer Präzision ab, als hätten die Henker jeden Handgriff vorher tausendmal geprobt. Den Frauen befiehlt Mahmud, Strümpfe und Strumpfhosen auszuziehen, die die beiden Entführerinnen in Streifen reißen müssen. Damit werden die Passagiere gefesselt.

Zuerst die Männer. Sie müssen die Hände auf den Rücken legen. Die Fesseln werden fest um die Handgelenke geschlungen, bis sie tief ins Fleisch einschneiden. Dann kommen die Frauen und Kinder dran. »Das tut weh, nicht wahr?« sagt der Anführer.

Gaby Dillmann, die Stewardeß, will sich nicht fesseln lassen. »Das könnt ihr mit mir nicht machen. Ich will mich vor dem Sterben nicht quälen lassen.« Aber die Terroristinnen lassen nicht mehr mit sich reden. »Mach schon«, befiehlt das »Teufelsweib« und hebt die Pistole. Da hält ihr das junge Mädchen bereitwillig die Hände hin.

Aus den Plastiktaschen, die noch aus dem Duty-free-Shop von Palma de Mallorca stammen, kramen die Terroristen Schnaps- und Parfümflaschen. Sie entkorken sie und schütten den Inhalt auf den Teppichboden, die Sessel, die Kleider und Köpfe der Verängstigten, die sich gegen diese Mißhandlung nicht wehren können.

Nur die spanische Stewardeß Elisa van der Elst versucht der drohend erhobenen Flasche zu entkommen, indem sie sich trotz der Fesselung weit nach links beugt, bis ihr Kopf den Oberkörper ihres Kollegen berührt. Da zerrt Mahmud sie an den Haaren zu sich heran und gießt eine halbe Flasche über sie aus. Er zieht ein Feuerzeug aus der Tasche, hält es ihr vor die Nase, dann huscht ein Grinsen über sein Gesicht, und er steckt es wieder ein. Alberto Cerezo, der Kapitän der spanischen Crew, vergißt seine Angst und küßt sie auf die Wange.

Zuerst ist es ein stechender Schmerz, den die Gefesselten empfinden. Ganz langsam werden die Hände, die hinter dem Rücken liegen, taub. Das Blut staut sich. Die Arme werden schwer. Es ist so, als ob der ganze Körper langsam abstirbt. Stück für Stück.

Mahmud brüllt inzwischen wieder: »Das wird schön brennen. Den Schnaps hättet ihr wohl gerne selber getrunken. Jetzt ist es zu spät.«

Nur die Mitglieder der spanischen Crew wollen sich nicht mit dem bevorstehenden Tod abfinden. Sie wenden fast gleichzeitig den Kopf zu den Notausgängen, die ihnen schon einmal als Weg in die Freiheit erschienen waren. Wenn jetzt einer von den Entführern ein Streichholz anzündet und auf den Boden wirft, wird es ein Inferno an Bord geben. Vielleicht kann man sich in diesem Augenblick noch fallen lassen und zu den Ausgängen kriechen. Aber den Hebel wird nur der bedienen können, der eine Hand frei hat.

Elisa van der Elst zieht und zerrt an den Fesseln, immer darauf bedacht, daß ihr Befreiungsversuch nicht beobachtet wird, und schließlich flüstert sie ihrem Nachbarn zu: »Meine rechte Hand ist frei.« Aber sie wagt es nicht, die Hände nach vorne zu nehmen. Zu ihrem Kollegen sagt sie: »Wenn es soweit ist, laß dich fallen, ich ziehe dich raus.« Die Hoffnung auf Rettung mutet wahnwitzig an, angesichts drohend erhobener Handgranaten.

In der letzten Reihe beißt Birgit Röhll die Zähne aufeinander, um den Schmerz zu bekämpfen. Fast verwundert stellt sie fest:

»Es stimmt nicht, daß man kurz vor dem Tod noch einmal sein ganzes Leben wie im Kino in Bildern an sich vorüberziehen sieht. So etwas gibt es wohl nur in Romanen.«

Vielmehr denkt sie in diesem Augenblick an die Taten, die ungetan blieben, die Worte, die nicht gesagt wurden. Habe ich meinem Kind genug Liebe gegeben? War ich immer da, wenn andere mich brauchten? Wie ein Computer registriert der Verstand die Unterlassungen der Vergangenheit.

Auf der rechten Seite – zwei Reihen hinter den Tragflächen – sitzt eine Frau in einem schlichten Sommerkleid. Die Reise nach Mallorca war ihr erster richtiger Urlaub nach 15 Jahren gewesen. Ihre beiden Söhne hatten zusammengelegt, um der Mutter den Flug zu ermöglichen. »Mutti, du sollst dich einmal richtig erholen«, stand auf der Geburtstagskarte, die dem Umschlag mit dem Geld beigefügt war.

Fast jeden Tag hatte sie eine Karte nach Hause geschrieben, und immer hieß es am Schluß: »Es ist wunderschön hier, aber ich freue mich auf ein Wiedersehen mit Euch.«

Die Frau in dem schlichten Sommerkleid hat nie gelernt, ihre Gefühle in Worte zu kleiden. Englisch kann sie nicht. Aber jetzt schaut sie die kleinere der beiden Entführerinnen fast mitleidig an und sagt:

»Selbst wenn ihr vor der Sprengung eure Haut rettet, glücklich werdet ihr doch nie. Ihr tut mir leid.«

Die zierliche Terroristin versteht sie nicht, aber sie sieht die Verachtung in dem Blick, der fest auf sie gerichtet ist. Sie holt zum Schlag aus, aber dann läßt sie die Hand fallen.

»Shut up!« befiehlt sie und prüft weiter die Fesseln.

Das Ehepaar, das vor der mutigen schlichten Mutter sitzt, schaut sich stumm an. »Ich liebe dich«, sagt der Mann leise. Sie nickt und zwingt sich zu einem Lächeln. »Das war nicht immer so, nicht wahr?«

Für Reue ist jetzt keine Zeit. In wenigen Minuten soll die »Landshut« in die Luft fliegen. Es ist kurz nach 15 Uhr (MEZ), der Flughafen von Mogadischu ist von allen Fahrzeugen geräumt worden, so wie es die Entführer in einem Anflug von Barmherzigkeit angeordnet hatten.

Oben im Tower richten sich die Augen der somalischen Polizei- und Flughafenbeamten auf den schwergewichtigen Mann aus Deutschland. Staatsminister Wischnewski sucht verzweifelt nach einer List, mit der er die Terroristen noch einmal dazu bewegen kann, das Ultimatum zu verlängern.

Er ist für diese schwierige Mission in Somalia mit allen Vollmachten des Bundeskanzlers ausgestattet worden. Aber darf er auch zu dem Trick greifen, den er auf dem Flug von Dubai nach Aden, wo er nicht landen durfte, mit seinen Beratern ausgeheckt hat? Und vor allem: Werden die Terroristen darauf hereinfallen?

Wolfgang Salewski, der Psychologe und Berater des Ministers, hat herausgefunden, daß Mahmud ein Mensch sein muß, der trotz aller Drohungen an seinem Leben hängt. Er scheint eitel zu sein und möchte die Früchte seiner Aktion, die Befreiung seiner Gesinnungsgenossen miterleben. Einem Toten nützt der Beifall nichts.

Auf diese Einschätzung baut der Abgesandte Bonns seine List auf. Er muß Zeit gewinnen, bis die Dunkelheit über Mogadischu einbricht, damit die GSG-9-Männer ihr Werk beginnen können.

Hans-Jürgen Wischnewski läßt die Terroristen in der »Landshut« wissen, Mahmud habe nun doch gesiegt. Die 11 Baader-Meinhof-Häftlinge seien frei und bereits auf dem Weg nach Somalia.

Und um den Bluff noch glaubhafter zu machen, liefert er einen genauen Flugplan der vermeintlich Freigepreßten mit Zeiten und Flugwegen mit, den die Entführer anhand der Unterlagen im Flugzeug nachprüfen können. In der Nacht werde die Maschine landen.

Staatsminister Wischnewski gilt zwar als listenreich, aber auch als ehrlich. Um der Kriegslist keinen offiziellen Anstrich zu geben, vermeidet er bei der Botschaft an die Terroristen bewußt das Wort »Bundesregierung« als Quelle der Nachricht.

Jetzt hilft nur noch Beten.

Das Geschehen um die »Landshut« zieht immer weitere Kreise. Die Schicksalsgemeinschaft, die durch die Entführung des Lufthansa-Flugzeugs gebildet wurde, wird immer größer. Sie umfaßt längst nicht mehr nur die Passagiere und die Besatzungsmitglieder des City-Jet, die vier Entführer an Bord, die Terroristen, die sich in deutschen Haftanstalten auf ihre Befreiung vorbereiten, nicht nur den Arbeitgeberpräsidenten Schleyer, dessen Leben mit dem der »Landshut«-Passagiere gekoppelt ist, die Schicksalsgemeinschaft ist in den letzten Stunden ausgeweitet worden auf Menschen, die am Donnerstag, am Tag der Entführung, noch glaubten, die Nachricht berühre sie nicht persönlich.

In Frankfurt schreibt ein Mann, dessen Ehefrau als Geisel in der »Landshut« festgehalten wird, einen Brief, den abzufassen er sich noch einige Tage zuvor geweigert hat.

Er richtet die Zeilen an eine junge Frau, für die er seine Familie verlassen wollte, um mit ihr zusammenzuleben. Jetzt schreibt er:

»Es wird nichts aus uns beiden. Wenn ich in diesem Augenblick, da meine Frau in Gefahr schwebt, zu meinem Versprechen, mit Dir zu leben, stehen würde, wäre das eine Herausforderung des Schicksals. Und wenn sie, was ich von ganzem Herzen hoffe, unbeschadet aus der Sache herauskommt, dann ist das für mich ein Hinweis des Himmels, es noch einmal mit ihr zu versuchen. Ich hoffe, Du verstehst mich.«

So wie der Ehemann überprüfen in diesen Stunden

viele Angehörige der Geiseln ihre Einstellung zu den Menschen, deren Leben in Gefahr ist. Auf seltsame Weise ähneln sich die Gedanken derer, die in der »Landshut« gefesselt auf den Tod warten, und derer, denen nichts anderes übrigbleibt, als für die Entführten zu beten.

Der Vater denkt an seine Tochter. Hat er ihr immer genügend Verständnis entgegengebracht? Wird er noch Gelegenheit haben, nachzuholen, was er versäumt zu haben glaubt?

Eine Frau erinnert sich an den Satz, den ihr Mann sprach, bevor er nach Mallorca abflog: »Wir sollten mehr miteinander reden.« Ist es jetzt dazu zu spät?

Im münsterländischen Ort Milte wird eine 42 Meter hohe Antenne in Richtung Somalia ausgerichtet, um eine Direktleitung für den Kurzwellensprechverkehr von Mogadischu nach Bonn zum Krisencenter herzustellen. Aber die Verbindung bricht zusammen. Mogadischu meldet sich nicht.

Der große Krisenstab im Kanzleramt ist seit Stunden ohne Nachricht über die Entwicklung der Geschehnisse auf dem somalischen Flughafen.

Keiner der Politiker mag in diesen dramatischen Stunden das Beratungszimmer verlassen. Sie haben die Entscheidung gefällt, die Terroristen aus den Haftanstalten nicht zu entlassen und die Erstürmung der Maschine zu wagen. Nun bleibt ihnen nichts anderes übrig als zu warten.

Schweigend trinken sie den kaltgewordenen Kaffee, den Sekretärinnen kannenweise kochen müssen; kleine Fläschchen mit Augentropfen machen die Runde, denn durch die langen durchwachten Nächte unter Neonleuchten sind die Augen entzündet.

Regierungssprecher Bölling hat inzwischen Mühe, die vielen Fragen der Journalisten zu beantworten, ohne allzuviel von den Plänen für eine Erstürmung der »Landshut« zu verraten.

Obwohl seit dem frühen Nachmittag auch nach außen klargeworden ist, daß die Regierung endgültig zum bewaffneten Angriff entschlossen ist, kann er immer nur wieder sagen:

»Bonn berät im engen Kontakt mit Somalia die jetzt notwendigen Schritte. Es ist das unveränderte Ziel der Bundesregierung, das Leben der Geiseln zu retten. Der Mord an dem Besatzungsmitglied in Aden hat gezeigt, zu welchen Taten die Terroristen fähig sind.«

Und dann fügt er fast zornig hinzu:

»Die Terroristen sollen aufgeben.«

Als er von einem der Journalisten gefragt wird, ob es nicht doch noch möglich sei, die inhaftierten Häftlinge gegen die »Landshut«-Geiseln auszutauschen, wiederholt der Regierunssprecher, was er schon vorher erklärt hat:

»Die Erwartung ist unrealistisch, daß die Terroristen dort bleiben, wo sie sind. Nach kurzer Zeit kehren sie zu ihrem blutigen Geschäft zurück.«

Zu einem Reporter des britischen Rundfunks BBC sagt Klaus Bölling mit Nachdruck:

»Wir wollen die Terroristen davon überzeugen, daß sie aufgeben sollen. Wir geben nicht auf.«

Die Entscheidung bahnt sich an . . .

In der Kabine der »Landshut« breitet sich der Dunst hochprozentigen Alkohols aus. In den schnapsgetränkten Sesseln der Maschine sitzen die Passagiere wie auf einem Pulverfaß. Vorne in dem Erste-Klasse-Abteil sind die Terroristen damit beschäftigt, Sprengstoff und Zündschnüre anzubringen. Die meisten der Gefesselten haben die Augen geschlossen, um nicht Zeugen der makabren Vorbereitung zu werden.

Ein Mann ruft: »Betet! Betet alle, vielleicht hilft das.«

Wenige Minuten vor Ablauf des letzten Ultimatums kommt aus dem Cockpit ein Schrei:

»Sieg. Sieg, wir werden leben, wir werden leben.«

Mahmud vollführt einen Freudentanz, haut sich mit der flachen Hand auf die Oberschenkel, klopft den Gefangenen auf die Schultern und ruft:

»Ihr seid noch einmal davongekommen. Ihr seid meine Babys, meine kleinen Babys.« Er reißt ein gefesseltes Kind an sich, küßt es stürmisch, dann läßt er die verblüfften Passagiere wissen: »Eure Regierung hat nachgegeben. Unsere Genossen werden aus den Gefängnissen entlassen. Nach Mitternacht treffen sie ein. Und dann seid ihr alle frei.«

Die Fesseln werden zerschnitten. Aber die Männer und Frauen bleiben noch starr sitzen, weil sie nicht glauben können, daß die Angst vorbei ist. Erst langsam begreifen sie, daß sie begnadigt worden sind. Die Lähmung fällt von ihnen ab. Sie springen von den Sitzen, umarmen und küssen sich – und weinen.

Stephan Röhll, der kleine Junge aus Berlin, sieht die Tränen seiner Mutter und sagt: »Weine doch nicht, es ist ja alles vorbei. Bald können wir nach Hause.«

Der Terroristenchef geht an den Sitzreihen vorbei

und zeigt, wie man durch Lockerungs- und Fingerübungen erreichen kann, daß das Blut wieder schneller durch die abgestorbenen Glieder fließt. Sein Gesicht hat auf einmal richtig menschliche Züge. Sein Lachen wirkt nicht mehr hämisch, sondern befreit.

Die Frau mit dem kleinen Hund »Robby«, der während der ganzen Entführungsaktion ruhig geblieben ist, preßt das Tier an sich, murmelt beschwörende Worte in das Fell, als sei der Hund ein Baby.

Zum erstenmal seit der Kaperung der Maschine dürfen sich die Passagiere frei an Bord bewegen. Die Pässe werden ausgeteilt. Das Handgepäck kann in Empfang genommen werden. Aber vorher soll jeder seinen Namen und seine Anschrift auf einen Zettel schreiben.

Noch einmal impft Mahmud seinen Geiseln Angst ein – und diese Angst wird anhalten, vielleicht über Jahre, denn er sagt:

»Wer über das, was in dieser Maschine passiert ist, spricht, muß sterben. Wir wissen jetzt, wie ihr heißt. Wir finden euch überall, und wenn ihr euch auf dem Mond verkriechen würdet. Und wenn wir es nicht sind, die uns an euch rächen, dann werden es unsere Genossen sein.«

Die Männer und Frauen nicken zustimmend wie folgsame Schüler. Sie sind jetzt zu allem bereit, wenn man sie verschont.

Die Stewardessen finden zu ihrem Lachen zurück, reden mit den Terroristen wieder ohne Angst.

Während der ganzen Zeit haben sie sich im Interesse der Passagiere, die ihnen anvertraut waren, nach dem Verhaltensmuster gerichtet, das ihnen von der Lufthansa für den Fall einer Entführung mit auf den Weg gegeben worden ist. Die Psychologen haben ihnen geraten, in solchen Krisenmomenten kooperativ zu sein, ohne sich bei den Entführern anzubiedern.

Jürgen Schumanns Fehler war es gewesen, die goldenen Regeln für das Verhalten im Umgang mit Kidnappern nicht beachtet zu haben, als er in Aden außer Reichweite der Terroristen die Initiative ergreifen wollte. Er hat das für die Menschen getan, deren Leben ihm anvertraut waren. Und mußte den Entschluß mit dem Leben bezahlen.

Längst ist vielen der Passagiere klargeworden, daß sich auch die vier Terroristen nach einem ganz bestimmten Schema gerichtet haben. Die Drohungen, die Schläge und die wenigen Freundlichkeiten, die sie ihren Opfern zukommen ließen, können nicht vom Zufall diktiert gewesen sein. Dahinter steckte System.

Aber jetzt sind sie alle nur noch Menschen, die sich so geben, wie es das Herz befiehlt. Menschen, von denen die Anspannung abgefallen ist.

Hinter Birgit Röhll steht der Entführer, von dem sie jetzt wieder glaubt, daß er doch der »Sanfte« ist. Er wirkt erschöpft, aber er lächelt. Die Berlinerin dreht sich zu ihm um, um mit ihm zu reden wie mit einem Nachbarn, der eine schwere Arbeit hinter sich hat:

»Sie sind sicher auch froh, daß nun alles vorbei ist, und daß Sie wieder nach Hause können«, sagt sie auf englisch zu ihm.

Er nickt. Völlig unbefangen fragt sie ihn: »Wo ist das denn, wo Sie zu Hause sind?«

Er antwortet leise: »In Groß-Arabien.«

Zu den Erfahrungen der vergangenen Stunden gehört für Birgit Röhll:

»Ich bin nicht in der Lage, den angestauten Haß auf meine Peiniger lange zu ertragen. Sobald die Angst von mir abfällt, bin ich bereit, mich mit ihnen zu versöhnen oder zumindest an ihnen im Gespräch so etwas wie Menschlichkeit zu entdecken. Ich laufe Gefahr, so zu tun, als hätten die nichts weiter als ihre Pflicht getan. Es gibt in solchen Ausnahmesituationen kaum noch Wertmaßstäbe, nach denen man sich richten kann.«

Der ersten Erleichterung folgt wieder die Beklemmung. »Wie, wenn die Ankündigung der bevorstehenden Befreiung wieder nur eine Finte war, um uns in ein Hochgefühl zu versetzen, dem dann die totale Vernichtung folgt?«

Die Passagiere der »Landshut« beginnen im Geist Flugpläne durchzugehen. Können die freigepreßten deutschen Terroristen überhaupt in Mogadischu eintreffen, bevor um 3.30 Uhr Ortszeit das Ultimatum abläuft, auf das sich die Entführer der Maschine noch einmal eingelassen haben?

Plötzlich macht ein Gerücht die Runde. Die Gefangenen haben die Bundesrepublik immer noch nicht verlassen. Sie werden nicht rechtzeitig hier sein. Diese Vermutungen werden durch Satzfetzen genährt, die im Cockpit aus dem Bordlautsprecher kommen. Die Männer und Frauen, die seit Donnerstag kaum noch geschlafen haben, haben verlernt, realistisch zu denken.

Ihre Befürchtungen sind fast grotesk. »Die Terroristen müssen doch erst geimpft werden und brauchen ein Visum. Das dauert seine Zeit. Wie sollen sie es da schaffen, nach Mitternacht in Mogadischu zu sein?« fragt einer.

Aber dann werden sie alle von dem Alkoholdunst müde und gelassen, nehmen wieder Platz auf ihren Sitzen, und einige schlafen sogar fest ein.

Staatsminister Wischnewski hat sich auf einen gefährlichen Balanceakt eingelassen. Über Funk versucht er, die vier Flugzeugentführer vom Tower aus bei Laune zu halten, damit sie nicht in letzter Minute doch noch die Nerven verlieren und ihre Drohungen wahrmachen. Hin und wieder wird er dabei von dem deutschen Somalia-Geschäftsträger Dr. Michael Libal abgelöst. (Der Botschafterposten ist wegen eines Revirements zur Zeit nicht besetzt.)

Inzwischen trifft der Leiter der Abteilung Terrorismus beim Bundeskriminalamt in Wiesbaden, Gerhard Boeden, zusammen mit dem Kommandeur der GSG 9, Ulrich Wegener, die letzten Vorbereitungen für den Sturm auf die »Landshut«.

Es wird dunkel in Mogadischu. Endlich klappt die Sprechverbindung nach Bonn. Um 23.50 Uhr MEZ informiert Wischnewski Bundeskanzler Schmidt: »Wir sind soweit.«

In Bonn kehrt der Kanzler mit ernstem Gesicht vom Telefon in die Beraterrunde des großen Krisenstabes zurück und sagt: »In zehn Minuten wird angefangen.« Keiner der Männer spricht ein Wort.

Sachlich und nüchtern wirkt der Einsatzplan, den der Kommandeur der GSG 9, Ulrich Wegener, vor dem großen Coup nach »Erkundung des Einsatzraumes« aufgestellt hat:

1. Abriegelung des Gesamteinsatzraumes durch somalische Kommandotruppen.

2. Einsatz von Präzisionsschützen sowie von Aufklärungstruppen der GSG 9.

3. Abstellung eines Verbindungstrupps unter Führung des Fernmeldeoffiziers zur Einsatzleitung.

4. Annäherung des Sturmtrupps und technischer Spezialisten.

5. Ablenkungsmaßnahmen durch Einsatzleitung und somalische Streitkräfte.

6. Sturm der Maschine.

7. Evakuierung der Geiseln.

8. Rückmarsch zum Sammelraum.

Wie wenig vermitteln diese Angaben aus dem Einsatzplan von den dramatischen Minuten, die jetzt auf dem Flughafen anbrechen.

Im Cockpit der »Landshut« wirft eine kleine schwache Lampe fahles Licht auf das Gesicht des Terroristenanführers. Er hat es sich auf dem Pilotensitz bequem gemacht und raucht. Neben ihm kauert die größere der beiden Entführerinnen, die bei dieser Aktion die geheimnisvolle Nummer 32 trug.

Auf einem Briefbogen der Lufthansa entwerfen beide mit der gleichen Sorgfalt, die sie während der ganzen Entführung an den Tag gelegt haben, den Plan für den Austausch der Geiseln gegen die freigepreßten deutschen Terroristen: Jeweils sieben Passagiere gegen einen Gesinnungsgenossen.

Wie die Reise dann weitergehen soll – ob beispielsweise Copilot Jürgen Vietor nicht ausgetauscht wird, bleibt das Geheimnis der Entführer. Die Durchsagen, die vom Tower aus durch den Bordlautsprecher kommen, beachten sie beide kaum. In regelmäßigen Abständen heißt es: »Noch ein bißchen Geduld.«

Mahmuds Assistent hat sich nach dem kurzen Gespräch mit Birgit Röhll in das Erste-Klasse-Abteil zurückgezogen und die Beine hochgelegt. Seine Komplizin – Nummer 33 – verschwindet in der Bugtoilette. Um die Passagiere kümmern sie sich nicht mehr. Die sind entweder eingeschlafen, weil die Spannung von ihnen abgefallen ist, oder reden leise miteinander – leise, weil sie sich noch nicht daran gewöhnt haben, daß sie nun wieder tun und lassen können, was im Rahmen der Gegebenheiten möglich ist.

Und dann geschieht draußen – einen Steinwurf von der Spitze der »Landshut« entfernt etwas, was die Aufmerksamkeit und Neugierde des Terroristenpaares in der Pilotenkanzel erregt. Ein heller Lichtschein fällt auf die beiden Gesichter, die sich gegen die Frontscheibe pressen.

Zweitausend Meter hinter der »Landshut« ist der Langstrecken-Jet mit den GSG-9-Männern an Bord um 17.30 Uhr (MEZ) gelandet. Keiner der Insassen des entführten Flugzeugs hat davon etwas gemerkt. Auch das Motorengeräusch erweckte nicht das Mißtrauen der Entführer.

Rund um das weite Flughafengelände sind inzwischen schwerbewaffnete somalische Soldaten aufgezogen, die einen unüberwindbaren Sperriegel bilden.

Das Flughafengebäude von Mogadischu hat sich an diesem Abend in ein Notlazarett verwandelt, in dem Ärzte und Sanitäter auf ihren Einsatz warten. Jeder versucht auf seine Weise die wachsende Unruhe zu bekämpfen.

Wenige Minuten nach 22 Uhr (MEZ) treten die deutschen Anti-Terror-Spezialisten zur letzten Befehlsausgabe an. Sie tragen schußsichere Nylonkleidung.

Mit knappen Worten macht Kommandeur Wegener seine Männer noch einmal mit der Lage vertraut, die er vorher zusammen mit somalischen Sicherheitskräften erkundet hat.

Jeder Schritt, jeder Handgriff, jeder Schußwinkel ist für den Einsatz, der jetzt folgen soll, tausendmal geprobt worden, bis das Zusammenspiel der bewaffneten Spezialisten wie ein präzises Uhrwerk klappte.

Aber dennoch bleibt ein großes Risiko übrig. Welche Situation werden die Männer an Bord antreffen, wenn sie die Maschine stürmen? Wo halten sich in diesen entscheidenden Sekunden die Terroristen auf? Wie kann man sie kampfunfähig machen, ohne die Passagiere zu gefährden?

Die Männer im Tower haben immer wieder versucht, durch geschickte verschlüsselte Fragen herauszufinden, was die Entführer kurz vor dem Sturm auf die »Landshut« tun und wo sie sich in der Maschine befinden. Aber es bleiben zahllose Unwägbarkeiten. Vor dieser gefährlichen Aktion haben die GSG-9-Beamten die Schlußphasen anderer Flugzeugentführungen genau analysiert, um die Schwachstellen zu entdecken. Diese Beispiele haben gezeigt, daß es irgendwann einen Punkt gibt, an dem das Mißtrauen der Terroristen nachläßt und sie leichtfertig werden.

In Luxor forderten beispielsweise im Jahre 1976 Kidnapper die Hilfe von Mechanikern an, die die entführte Boeing der »Egypt Air« wieder flottmachen sollten. Die als Mechaniker verkleideten Polizisten suchten an Bord so lange nach dem Defekt, bis die Kidnapper völlig arglos wurden. Erst dann zogen die Beamten ihre Waffen aus den Overalls und stürzten sich unter den Beifallsrufen der befreiten Passagiere auf die drei Terroristen.

Auf solche Beispiele setzten die Männer der GSG 9 ihre ganze Hoffnung.

Eine Vorhut wird in Richtung »Landshut« losgeschickt. Sie schleichen sich an wie die Katzen, lautlos und geschmeidig. Sie robben über die Erde, die noch warm ist von der Sonne, die während des ganzen Tages geschienen hat. Schon spüren sie den harten Beton der Rollbahn unter sich, auf dem die entführte Maschine steht. Sie kriechen unter den Bauch und die Tragflächen des City-Jets, verharren atemlos. Hochempfindliche Horchgeräte werden aufgestellt. Über ihren Köpfen, in der Maschine, bleibt alles ruhig. Keiner der vier Entführer scheint die Annäherung bemerkt zu haben.

Zwanzig Minuten später meldet der mit Präzisionswaffen ausgerüstete »Stoßtrupp« die ersten Aufklärungsergebnisse an die Einsatzleitung: Die Insassen der »Landshut« verhalten sich ruhig.

Nun folgen – genauso lautlos wie die anderen – unter Führung des Kommandeurs die Scharfschützen und technischen Spezialisten. Es sind nur Schatten, die über das Rollfeld huschen. Sie werden in kleine Trupps aufgeteilt. Geflüsterte Befehle machen die Runde. Jeder weiß, was er zu tun hat. Sie fassen ihre Waffen fester, sind zum Sprung bereit.

Um 23.30 Uhr (MEZ) melden die Aufklärer an ihre Kameraden: Bewegung von Terroristen im Cockpit-Bereich. Alles scheint genau nach Plan abzulaufen.

Nun bricht die kritische Phase der Befreiungsaktion an. Werden die Entführer auf den Trick hereinfallen? Und wenn ja, wie viele werden es sein, die in das Cockpit stürzen, aus dem Fenster schauen und abgelenkt werden? Die GSG-9-Männer brauchen nur ein paar Sekunden für die Überrumpelung.

Um 23.50 Uhr (MEZ) werfen somalische Soldaten Fackeln auf einen Scheiterhaufen, den sie heimlich vor der »Landshut« aufgeschichtet und mit Benzin überschüttet haben. Helle Flammen lodern empor. Ihr Schein fällt in das Cockpit, wo in diesem Augenblick Mahmud und seine Komplizin aufspringen und durch die Frontscheibe nach draußen schauen. Zwei der Entführer sind auf das Ablenkungsmanöver prompt hereingefallen.

»Go« – das ist das Stichwort, auf das alle gewartet haben. Kommandeur Ulrich Wegener gibt das entscheidende Kommando und gehört zu den ersten, die über Leitern blitzschnell auf die Tragflächen klettern. Je vier Spezialisten erreichen auf diese Weise in Bruchteilen von Minuten die Notausstiege, die sich oberhalb der Tragflächen befinden.

Sie brauchen die Türen nicht zu sprengen. Nur drei Minuten vergehen, bis sich die Türen nach innen öffnen lassen.

Der Chef der Elitetruppe ruft »Feuerzauber«. Genau in diesem Augenblick zünden die Anti-Terror-Spezialisten der *Special Air Service* aus London neben der »Landshut« ihre Verblüffungsgranaten. Es gibt einen ohrenbetäubenden Knall. Grelles Licht fällt auf die gespenstische Szene und verwirrt nicht nur die Geiseln, sondern auch die Terroristen, die von dem Überfall überrascht werden.

Die GSG-9-Männer, die jetzt auch vom Heck aus das Flugzeug stürmen, rufen den Passagieren zu: »Kopf runter, werft euch auf den Boden!« Und dann kommt der Befehl: »Raus hier!«

Die Schußwinkel der Deutschen sind genau vorausberechnet worden. Mahmud und seine Komplizin stürzen aus dem Cockpit, erkennen, daß sie in eine Falle gegangen sind und ziehen ihre Pistolen. Doch bevor sie abdrücken können, werden sie getroffen. Ihre Körper sacken lautlos zusammen. Mahmud bricht genau an der Stelle zusammen, an der er im Gang Stunden vorher Flugkapitän Jürgen Schumann mit einem gezielten Schuß ermordet hat.

Aber sein Komplize kämpft immer noch erbittert um sein Leben. Obwohl er schon schwer getroffen ist, zündet er noch zwei Handgranaten und wirft sie in die Kabine. Aber sein Arm ist schon zu schwach. Die Granaten rollen unter einen Sitz, wo sie explodieren, ohne größeren Schaden anzurichten. Durch die halbgeöffnete Toilettentür setzt die übriggebliebene Terroristin den schon sinnlos gewordenen Kampf fort. Ohne noch genau zu zielen, feuert sie ihre Pistole ab und trifft einen der GSG-9-Männer am Hals.

Über Funk werden die einzelnen Phasen der Erstürmung weitergeleitet:

»Operation angelaufen – wir haben Kontrolle über die Maschine.«

Um Mitternacht, in der Nacht zum Dienstag, brennt im streng bewachten Kanzleramt immer noch Licht. Obwohl es jetzt nichts mehr zu beraten gibt, sind die Mitglieder des großen Krisenstabes, zu dem jetzt auch Außenminister Genscher nach seiner Rückkehr aus China gestoßen ist, zusammengeblieben. Sie demonstrieren allen politischen Unterschieden zum Trotz in dieser Stunde der Zerreißprobe Einigkeit.

Zehn Minuten vor Mitternacht hat Staatsminister Wischnewski dem Bundeskanzler telefonisch gemeldet: »In zehn Minuten geht es los.«

Lähmendes Schweigen lastet auf der Runde. Die Zeiger der Uhr stehen auf wenige Minuten nach zwölf, als das Telefon wieder klingelt.

Der Bundeskanzler nimmt den Hörer ab. »Schmidt hier, ich höre.«

Wischnewski meldet: »Die Türen sind offen, acht bis zehn Passagiere haben bereits das Flugzeug durch die Hintertür verlassen.«

Alle Augen sind auf den Kanzler gerichtet, als er von diesem Gespräch zurückkehrt. In die Stille hinein fragt einer der Teilnehmer: »Gab es Tote?« Helmut Schmidt antwortet: »Ich weiß noch nichts.« Und als die anderen schon in Jubel über die geglückte Aktion ausbrechen wollen, macht der Kanzler eine abwehrende Handbewegung.

»Meine Herren, bitte bleiben Sie noch ruhig. Noch ist ja nichts entschieden.«

Wieder vergehen bange Minuten.

Eine Viertelstunde ist dieser neue dramatische Tag erst alt, als der Staatsminister dem Kanzler aus Mogadischu melden kann: »Die Arbeit ist erledigt.«

Im Kanzleramt fallen sich die Politiker um den Hals. Oppositionsführer Helmut Kohl streckt dem Regierungschef die Hand entgegen und drückt sie fest. Innenminister Werner Maihofer, der sonst so reserviert ist, klatscht in die Hände. Und Staatssekretär Klaus Bölling sagt immer wieder: »Ist das denn möglich?«

Vielleicht denkt Bundeskanzler Helmut Schmidt in diesem Augenblick an den entführten Hanns-Martin Schleyer, dessen Chancen für eine Rettung nun noch geringer geworden sind. Der Kanzler nimmt die Gratulationen seiner Kollegen entgegen, ohne daß man ihm die Freude und die Erleichterung über die gelungene Aktion ansieht. Mit schleppenden Schritten verläßt er den Raum. Aber vorher sagt er mit einem Blick auf die Runde: »Das wird Normen setzen.«

Noch in der gleichen Nacht tritt Regierungssprecher Klaus Bölling vor die Journalisten, um eine Erklärung abzugeben, aus der der Kanzler vorher alle allzu triumphalen Formulierungen mit dem Rotstift gestrichen hat.

Es ist eine gemeinsame Erklärung der Bundesregierung, der Vorsitzenden der SPD, der CDU, der CSU und der FDP, der Vorsitzenden der Bundestagsfraktionen aller Parteien sowie der Ministerpräsidenten der Ländervertretungen Baden-Württemberg, Bayern, Hamburg und Nordrhein-Westfalen, die Klaus Bölling verliest:

> »Die Geiseln von Mogadischu sind frei. Wir sind dankbar dafür, daß Menschen mehrerer Nationen und Bürger unseres Landes diese brutale Entführung überlebt haben. Wir danken den tapferen Männern der Gruppe 9 des Bundesgrenzschutzes, die für die Geiseln, für die Besatzung der Lufthansa-Maschine und in Wahrheit für die Gesamtheit unserer Bürger ihr Leben gewagt haben.
>
> Die Bundesregierung hatte in diesem Fall nur scheinbar eine Wahl. Hätte die Bundesrepublik Deutschland die elf terroristischen Täter freigelassen, so wären sie alle zurückgekommen, genau wie jene Terroristen, die Peter Lorenz entführt haben, und wie diese hätten sie neue, schreckliche Mordtaten begangen.
>
> Wir haben das Risiko so gewissenhaft abgewogen, wie das nur möglich war. Gleichwohl blieb ein hohes Risiko. Ohne die Zustimmung und ohne die Hilfe der somalischen Regierung hätten wir die Rettungsaktion nicht unternehmen können.
>
> Der Regierung von Somalia ist nicht nur von uns Deutschen zu danken. Ihre Entscheidung, uns die Ak-

tion zu gestatten, war die Voraussetzung dafür, daß eine Katastrophe abgewendet werden konnte. Die moralische und die politische Unterstützung vieler anderer Staaten für unser Bemühen, die Geiseln und die Besatzungsmitglieder aus der Gewalt gemeingefährlicher Verbrecher zu befreien, hat der Bundesrepublik Deutschland wesentlich geholfen.

In dieser Stunde appellieren wir und mit uns alle Bürger noch einmal an die Entführer von Hanns-Martin Schleyer:

›Geben Sie Schleyer frei! Begreifen Sie, daß der Weg des Terrorismus der Weg in die Selbstzerstörung ist. Wir werden in unseren Anstrengungen, sein Leben zu retten, nicht nachlassen.‹

Wir empfinden Trauer und Bedrückung über den Mord an dem tapferen Flugkapitän Jürgen Schumann. Seinen Angehörigen drücken wir unser Mitgefühl aus. Wir sind gewiß, daß die Rettung der Geiseln die Entscheidungen, die wir gemeinsam und die wir einmütig getroffen haben, rechtfertigt.

Wir haben in jeder Phase viele Male beraten und jeden einzelnen Schritt gemeinsam gebilligt. Wir waren uns zu jedem Augenblick der schweren Prüfung, der fast unerträglichen seelischen Belastung bewußt, die den Menschen an Bord der Lufthansa-Maschine aufgebürdet war.

Wir haben in diesen Tagen stets daran gedacht, wie sich die Angehörigen der Geiseln gesorgt und geängstigt haben. Wenn unsere Entscheidung nicht zum Erfolg geführt hätte, wären uns viele kritische Fragen gestellt worden. Aber diese Entscheidung ist über lange Tage und Nächte von den politisch Verantwortlichen in der Bundesrepublik Deutschland bedacht worden.«

So schnell und überraschend ist die Befreiung gekommen, daß die 86 Geiseln der »Landshut« zuerst gar nicht verstehen, was da plötzlich auf sie zukommt. Von dem hellen Lichtschein geblendet, von der ohrenbetäubenden Explosion erschreckt, springen sie von ihren Plätzen. Sie erkennen nicht sofort, daß es ihre Retter sind, die das Flugzeug gestürmt haben.

Eine 56jährige Frau sagt später zu Journalisten: »Erst dachte ich: Jetzt ist alles aus. Sie töten uns, aber dann hörte ich deutsche Worte und wußte, daß wir außer Gefahr sind.«

Birgit Röhll aus Berlin starrt den Mann an, der plötzlich vor ihr aufgetaucht ist und den kleinen Stephan auf den Arm nimmt. »Raus hier, schnell!« schreit er. Die Mutter stolpert hinter ihm her, über die Treppe hinweg, ins Freie. Für einen kurzen Augenblick verliert sie den Beamten und ihren Sohn aus den Augen. Dann entdeckt sie ihn wieder, rennt hinter ihm her und schreit: »Hierher! Das ist mein Kind!«

»Nur weg von der Maschine«, denkt sie, »die kann gleich in die Luft gehen.« Sie läuft hinter dem Mann her, bis sie eine Mulde erreicht haben, in der schon andere Passagiere atemlos Schutz gesucht haben. Danken kann sie dem GSG-9-Mann nicht mehr, denn der ist inzwischen wieder in der Dunkelheit verschwunden, um andere zu retten.

An Bord der »Landshut« ist die Hölle los. Gaby Dillmann, die junge Stewardeß, war kurz zuvor erschöpft mit angewinkelten Knien in einem der Sessel eingeschlafen. Erst als neben ihr die Handgranate des Terroristen unter dem Sitz explodierte, war sie wieder zu sich gekommen.

Schlaftrunken noch sieht sie das Inferno um sich

herum, die verwundeten Entführer, die bewaffneten Befreier. Und jetzt erst, da sie in Richtung Notausstieg flüchten will, merkt sie, daß ihr Bein taub geworden ist, daß es ihr nicht mehr gehorcht. Sie empfindet keinen Schmerz, aber dennoch glaubt sie: »Das Bein ist ab.« Splitter der Handgranate haben sie verletzt.

Einer der Männer streckt ihr die Hand hin und zieht sie durch die Tür zu den Tragflächen. Und während sich zwei starke Männerarme um sie legen und sie forttragen, ist es mit ihrer Fassung vorbei.

Gaby Dillmann weint haltlos wie ein Kind – so, wie sie nur einmal geweint hat während der ganzen Entführung – damals, als Jürgen Schumann starb. Aber jetzt ist jemand in ihrer Nähe, der sie tröstet. Während sie fortgetragen wird durch die Dunkelheit zu der Mulde, hörte sie eine beruhigende Männerstimme, die zu ihr sagt: »Nun wein man nicht mehr. Jetzt ist ja alles gut.«

Irgendwo in der Dunkelheit ruft eine Frau nach ihrem Terrier: »Robby, Robby, wo bist du?« und ist erst wieder ruhig, als sie das Tier wiederfindet und im Arm hält.

Waltraud Gross ließ sich bei der ersten Explosion einfach vom Sitz fallen und liegt jetzt mit wild schlagendem Herzen auf dem Boden. Erst als sie die Stimme »Wir retten euch!« hört, kommt eine fast unheimliche Ruhe über sie. »Ich habe es geschafft«, denkt sie erleichtert und kriecht aus ihrem Versteck zwischen den Sitzen hervor. Ein Beamter der GSG 9 führt sie behutsam ins Freie, wo sie erst einmal tief durchatmet. Dann läuft auch sie zu der Sandmulde, wo die anderen liegen und jeden Neuankömmling jubelnd begrüßen.

Sie fallen sich in die Arme, küssen sich und schämen sich ihrer Tränen nicht.

Auch Alberto Cerezo, der spanische Flugkapitän, findet sich nach der Explosion auf dem Fußboden der Maschine wieder. Völlig benommen liegt er da und hört wie aus weiter Ferne die Stimme seiner Kollegin, der Stewardeß Elisa van der Elst: »Alberto, lebst du noch?«

»Ja, ich lebe noch«, antwortet er und wundert sich, warum die Stewardeß zu ihm sagt: »Du mußt doch nicht weinen, es ist ja alles vorbei.«

Ihm war gar nicht aufgefallen, daß er weinte.

Ein Grenzschutzbeamter hebt ihn auf, nimmt ihn wie ein hilfloses Kleinkind auf den Arm und rennt zu dem linken Tragflügel, wo er ihn in der Dämmerung einfach in die Tiefe fallen läßt. Unten steht einer, der ihn sicher auffängt und fortträgt.

Eine Zeitlang bleiben sie noch alle in der flachen Sandmulde liegen, die geretteten Geiseln und ihre Befreier. Ihre Hände krallen sich in den warmen Sand, der ihnen ein Gefühl von Geborgenheit gibt.

Noch immer muß damit gerechnet werden, daß die »Landshut« im nächsten Augenblick in die Luft fliegt, denn der Sprengstoff, den die Entführer an Bord angebracht hatten, könnte sich bei dem Feuerüberfall entzünden. Aber nichts rührt sich in der Maschine. Dann kommt das Kommando »Springtime« – die Aktion ist zu Ende.

Vor dem Fahrwerk des City-Jets liegen die blutverschmierten Leichen der drei Terroristen. Mahmuds gebrochene Augen sind zum Himmel gerichtet. Seine linke Hand ist nach dem Kopf der schräg neben ihm liegenden Komplizin ausgestreckt. Es sieht so aus, als habe er ihr im Todeskampf noch einmal mit letzter Kraft über das Haar streichen wollen.

Nur einer kehrt in die inzwischen streng bewachte »Landshut« zurück. Die Aluminiumhaut der Maschine ist durchschossen worden, die Frontscheibe des Cockpits ging in Trümmer, Blut hat Sitze und Fußboden rot gefärbt. Auf diesem Schlachtfeld findet Copilot Jürgen Vietor schließlich doch noch sein Toupet wieder, das er bei der Befreiungsaktion verloren hat.

In der kleinen Halle des Flughafengebäudes umarmen sich die Geretteten. Die Angst, die jetzt von ihnen abfällt, hatte sie während des Irrflugs oft sprachlos gemacht, aber jetzt müssen sie feststellen, daß es auch Augenblicke des Glücks gibt, in denen man keine Worte mehr findet. Sie weinen und lachen zugleich.

Am Rande dieser Szene halten sich zwei junge Leute an den Händen und schauen sich lächelnd an. Der Copilot der Boeing 707, mit der Staatsminister Wischnewski dem entführten Flugzeug über Tausende von Kilometern gefolgt war, hat die Frau wieder, die er liebt und um die er tausend Ängste ausgestanden hat: Gaby Dillmann.

Mit gelockerter Krawatte geht Staatsminister Wischnewski durch die Reihen der befreiten Geiseln, schüttelt Hände, wird von einem Mann umarmt, der vor Rührung keine Worte des Dankes findet. Hans-Jürgen Wischnewski hat seine Mission erfüllt.

Auf einmal bilden die Menschen in der Halle eine Gasse, durch die auf einer Trage die schwerverletzte Terroristin Nummer 33 transportiert wird, die Birgit Röhll während des Irrflugs das »Teufelsweib« getauft hatte.

Jetzt ist sie nur noch ein blutendes, hilfloses Wesen,

um das sich Ärzte und Sanitäter bemühen. Doch plötzlich hebt sie die rechte Hand, spreizt Zeige- und Mittelfinger zum Victory-Zeichen und schreit auf arabisch: »Tötet mich!«

Erst als die Sanitäter sie aus der Halle getragen haben, fällt von den Befreiten das Gefühl der Beklemmung ab. Dunkelhäutige somalische Polizisten werden nicht müde, den geretteten Geiseln die Hände zu schütteln und sie zu umarmen. Ärzte versorgen die Verletzten, darunter den Grenzschutzbeamten, den eine Terroristenkugel traf und verabreichen Beruhigungsspritzen.

Es sind ganz einfache Wünsche, die die 86 Passagiere in diesem Augenblick äußern: Für einen kurzen Moment irgendwo still in einer Ecke sitzen, eine Zigarette rauchen, eine Tasse heißen Kaffee oder Tee trinken, und das erhitzte Gesicht mit kaltem Wasser abwaschen.

Die sanitären Anklagen auf dem kleinen Airport von Mogadischu reichen nicht aus. Draußen vor dem Flughafengebäude ist ein Wasserwagen vorgefahren, an dem die Geiseln jetzt Schlange stehen.

Plötzlich drängt Minister Wischnewski zum Aufbruch. So als gehe ein Betriebsausflug zu Ende, scherzt er: »Kinder, ihr müßt für mich Verständnis haben. Ich habe heute in Bonn Fraktionssitzung, und wenn ich mich verspäte, dann schimpft Herbert Wehner mit mir.«

Den wirklichen Grund für diese Hetze nennt Wischnewski nicht. Er hat vor der Befreiung dem Präsidenten von Somalia, General Barre, versprochen: »Im Morgengrauen sind Sie uns wieder los.« Und dieses Versprechen will er auf jeden Fall einhalten.

Mit einer Sondermaschine treten die Befreiten die Rückreise nach Frankfurt an. Hans-Jürgen Wischnewski, der zusammen mit den Grenzschutzbeamten in die Bundesrepublik zurückfliegt, greift nach dem schwarzen Koffer, den er während der ganzen Aktion nicht aus dem Auge gelassen hat. Zehn Millionen Deutsche Mark hat er darin mit sich herumgetragen, um möglicherweise das Leben der Geiseln von den Terroristen freikaufen zu können. Das Geld war seine eiserne Reserve.

Später, als er die riesige Summe längst wieder im Bundesfinanzministerium abgegeben hat, werden Reporter den Minister fragen: »Und was hat Somalia für seine Unterstützung bekommen?«

Der Minister wird erklären, daß das Land nur aus humanitären Gründen die Befreiungsaktion unterstützt habe. Nicht erst seit der Nacht von Mogadischu aber hilft die Bundesrepublik Somalia im Rahmen ihrer Entwicklungshilfe bei der Aufstellung einer schlagkräftigen, hochtechnisierten Polizei.

Sie hatten sich auf einen Flug von 135 Minuten von Palma de Mallorca nach Frankfurt vorbereitet und kamen erst mit fünftägiger Verspätung an ihr Ziel. Hinter ihnen lagen Tausende von Flugkilometern, Angst, Schrecken, Entsetzen.

Am Dienstag, dem 18. Oktober 1977, um 13.57 Uhr war der Irrflug der Passagiere zu Ende. Genau um diese Zeit erreichte die Boeing 707, von Mogadischu kommend, auf dem Rhein-Main-Flughafen zu Frankfurt ihre Halteposition. Sechs der befreiten Geiseln waren in Somalia geblieben, weil sie nach Auffassung der Ärzte noch nicht transportfähig waren.

Während des langen Rückfluges in die Bundesrepublik hatte an Bord der Boeing 707 mit dem Namen »Köln« keine rechte Freudenstimmung aufkommen wollen. Die meisten der Passagiere nippten nur an den Gläsern, in denen alkoholfreie Getränke gereicht wurden.

Als sie in Frankfurt über die Gangway in das geöffnete Rechteck traten, das die Wartenden – Angehörige, Politiker und Journalisten – bildeten, wirkten sie wie Schlafwandler. Sie fröstelten, zogen die Decken fester, die sie sich über die Schultern gelegt hatten, weil sie bei der Befreiungsaktion Mäntel, Jacken und Pullover in der Maschine hatten zurücklassen müssen. Einige kamen sogar barfuß an. Kalte Nebelschwaden schlugen ihnen entgegen.

Einem Kind, das als erstes deutschen Boden betrat, folgte eine junge Frau mit eingegipstem Fuß: Stewardeß Gaby Dillmann, die bei dem Sturm auf die »Landshut« verletzt worden war, stützte sich schwer auf den Copiloten Jürgen Vietor. Der Beifall, der ganz kurz aufbrandete, erstarb sofort, als die Wartenden die von Müdigkeit und Angst gezeichneten Gesichter sahen.

Ein »eigentümlich inkongruentes Erlebnis« nannte später ein Journalist in seinem Bericht die Ankunft der befreiten Geiseln. Fünf Minister waren eigens mit Hubschraubern aus Bonn eingeflogen worden.

Eine Stunde nach der Ankunft begann in der Flughafenkantine eine Feier, bei der das kalte Büfett und der Sekt kaum angerührt wurden. Denn irgendwie war den befreiten Geiseln nicht nach Feiern zumute. Unwillkürlich mußten sie sich immer wieder nach der jungen schönen Frau umschauen, die ihre Augen hinter einer Sonnenbrille verbarg und neben Hessens Ministerpräsident Holger Börner Platz genommen hatte. Monika Schumann, die Frau des ermordeten Flugkapitäns, erinnerte allein mit ihrer stummen Anwesenheit daran, daß es zum Jubeln keinen Anlaß gab.

Die meisten der befreiten Geiseln empfanden in Gegenwart der Witwe Scheu und Achtung vor dem Toten, die sie davon abhielten, Beileid auszusprechen oder Dank zu sagen.

Eine Polizeikapelle intonierte die D-Dur-Suite von Bach, und als hätten sie nur auf die ersten Töne als Rechtfertigung ihrer Trauer gewartet, verloren die Geretteten die Fassung und brachen in hemmungsloses Schluchzen aus.

Chefpilot Werner Utter von der Lufthansa und Bundesminister Gscheidle hielten kurze Ansprachen.

Das offizielle Programm war beendet. Durch die Gasse der Reporter bahnten sich die Geiseln und ihre Angehörigen einen Weg ins Freie.

In diesen Minuten der ersten Wiedersehensfreude wurde bereits vielen klar, daß ihnen die Worte fehlen würden, um das zu schildern, was hinter ihnen lag. Auf dem Flug von Palma de Mallorca nach Mogadischu waren sie sprachlos geworden, oder genauer gesagt, sie hatten Dinge erlebt, für die das übliche Vokabular zur Beschreibung nicht ausreicht.

Über einhundert Stunden lang hatten sie in einer anderen Welt gelebt. Die dort gesammelten Erfahrungen werden sie von denen, die zu Hause geblieben sind, lange trennen.

Die Geretteten hatten immerhin schon während des Flugs nach Frankfurt Gelegenheit gehabt, ihre Gefühle zu ordnen und zu zügeln. Aber die, die zu Hause um die Entführten gebangt hatten, wurden jetzt übermannt von der Wiedersehensfreude und der Erleichterung.

Birgit Röhll blickte ihren Mann an, der den kleinen Stephan an sich preßte und ihn küßte. Sie sah, daß er weinte, und sie konnte sich nicht erinnern, ihn jemals vorher so gesehen zu haben.

Wenige Minuten später noch ein Empfang für die Ankömmlinge. Diesmal auf dem Flughafen Köln-Wahn. Auch dort war Bonner Prominenz zur Begrüßung der GSG-9-Männer erschienen. Innenminister Maihofer umarmte seinen Kollegen Hans-Jürgen Wischnewski, dem Tränen über die Wangen liefen.

Die 60 Grenzschutzbeamte – 28 davon hatten an der Erstürmung der Maschine teilgenommen, wurden mit Beifall bedacht. Der Innenminister nannte sie in seiner Rede »Kameraden von der GSG 9« und dankte ihnen für ihren mutigen Einsatz. Nach einigen Minuten brach das vom Protokoll diktierte Zeremoniell zusammen. Frauen und Kinder stürmten mit Blumen in den Händen auf die in Reih und Glied angetretenen Männer zu, deren Gesichter jetzt zum erstenmal etwas von den Strapazen verrieten, die hinter ihnen lagen.

Doch große Worte wollten sie auch jetzt nicht über den Einsatz in Mogadischu verlieren. Es sei ein ganz normaler Einsatz gewesen, sagten sie.

Während sich die an der Geiselnahme und der Befreiung Beteiligten still zurückzogen, um das Erlebte zu bewältigen, brach ein weltweiter Jubel über die Entschlossenheit und den Mut der Deutschen aus. Deutsche Staatsbürger wurden im Ausland wie Helden gefeiert. In den Botschaften der Bundesrepublik häuften sich die Glückwunschtelegramme und Anerkennungsschreiben.

Das Nachrichtenmagazin »Der Spiegel« wußte von einem Juden aus New York zu berichten, der bei der Botschaft in Washington anrief und erklärte: »Ich hätte nie gedacht, daß ich in meinem Leben noch einmal eine deutsche Botschaft anrufen würde, aber ich muß Ihnen einfach gratulieren.«

Und ein jüdischer Augenarzt aus New York soll am Telefon gejubelt haben: »Germans and Jews will master the world – Deutsche und Juden werden die Welt meistern.«

Noch bevor GSG-9-Kommandeur Ulrich Wegener das Kommando »Feuerzauber« gegeben hatte, hatte sich die internationale Presse kritisch mit der Entführung und der Haltung Bonns auseinandergesetzt und zur Härte aufgerufen:

MAARIV (Israel)
Was Israel insbesondere Sorge bereitet, ist die enge Kooperation zwischen dem arabischen Terrorismus und den Baader-Meinhof-Anarchisten. Es scheint, daß nicht nur Deutschland, sondern die gesamte freie Welt sich der Gefahren nicht bewußt sind, die für Demokratie und Gesetz aus der Terrorrichtung drohen.

LE FIGARO (Frankreich)
Staatsmänner haben das grausame Privileg, Entscheidungen treffen zu müssen, die den engen Rahmen der humanitären Überlegung sprengen. Wenn Schmidt angesichts der Erpressung nachgibt, kann sich niemand erlauben, es ihm vorzuwerfen. Aber die Entscheidung des deutschen Bundeskanzlers betrifft alle Nationen,

auch uns. Wenn er die Forderungen der Terroristen erfüllt, so liefert er ihnen eine absolute Waffe, die für alle Zeiten, an jedem Ort und unter allen Umständen gültig ist. Man sollte sehr rasch zu einem Abkommen zwischen allen Staaten kommen, das die Terroristen und die Länder, die ihnen Asyl gewähren, in Acht und Bann der internationalen Gesellschaft ohne Diskriminierung des politischen oder sozialen Regimes tun würde. Man sollte gemeinsam beschließen, daß jeder Erpressungsakt, der auf die Befreiung eines Terroristen abzielt, welcher für schuldig befunden und inhaftiert wurde, automatisch dessen Hinrichtung nach sich zöge.

NEUE ZÜRCHER ZEITUNG (Schweiz)
In den Krisenstäben in Bonn ist seit längerem erwartet worden, daß mit einer internationalen Aktion versucht werden könnte, den Forderungen der Schleyer-Entführer weiteren erpresserischen Nachdruck zu verleihen. Das Nachgeben der japanischen Regierung gegenüber den Flugzeugentführern von Dakka und die Aufnahmebereitschaft Algeriens wurden im Hinblick auf diese Befürchtungen als schlechte Vorzeichen gewertet ... Die deutsche Regierung steht jetzt zum erstenmal vor dem unwiderruflichen Zwang zur Entscheidung, die sie in der Hoffnung auf Fahndungserfolge bisher hatte hinausschieben können.

DAILY MAIL (Großbritannien)
Es ist furchtbar, wenn man von einer in Gewissensnot befindlichen Gruppe führender europäischer Politiker verlangen muß, das Leben unschuldiger Menschen zu riskieren, um so abstrakt klingende Dinge wie »Zivili-

sation« und »Demokratie« zu verteidigen. Furchtbar – aber gerechtfertigt. Die Baader-Meinhof-Terroristen in den deutschen Gefängnissen dürfen nicht freigelassen werden.

LA STAMPA (Italien)
Die Bonner Politiker müssen in diesem Augenblick Rücksicht auf die deutsche öffentliche Meinung nehmen, die Nachgeben ablehnt. Die Koalitionsparteien kennen die Stimme des Volkes und können nicht anders, als sie zu berücksichtigen: Mit dem Leben von 87 Geiseln steht in einem Land, das Ordnung wünscht, auch die Regierungskoalition auf dem Spiel.

DAVAR (Israel)
Eine Kapitulation wäre mit nicht unerheblichen Gefahren für Deutschland verbunden: Nicht nur würde die Freilassung von elf Großterroristen unter Führung von Andreas Baader als Ansporn für Dutzende von neuen Terroranschlägen dienen, sondern diese linken nihilistischen Terroristen könnten einen Fortschritt zu ihrem politischen Ziel erreichen, nämlich Gegenreaktionen und Notstandsgesetze, die das Image der Bundesrepublik als liberaler demokratischer Rechtsstaat beflecken würden.

DIE PRESSE (Österreich)
Es gibt noch immer Staaten, die sich aus der Gemeinschaft der Zivilisierten ausgeschlossen haben. Algerien gehört dazu: Wer sich mit Verbrechern assoziiert und ihnen Asyl gewährt, ist einer von ihnen. Es ist höchste Zeit, daß das in alle Welt hinausgerufen und auch vor den Vereinten Nationen festgestellt wird: Es gibt Sym-

pathisanten nicht nur unter den sogenannten Intellektuellen, sondern auch unter den Mitgliedern der Völkerfamilie.

TRYBUNA LUDU (Polen)
Erstens zieht der Anschlag, und das ist unausweichlich, eine Schwächung der Autorität und des Prestiges der in der Bundesrepublik regierenden sozialdemokratisch-liberalen Mannschaft nach sich. Mit anderen Worten: Die Aktion der Terroristen schadet der westdeutschen politischen Gruppierung, die bei allen ihren Schwächen im Laufe von acht Jahren mehr Realismus in die Außenpolitik der Bundesrepublik und einen sehr viel frischeren Blick auf die inneren Probleme gebracht hat als die vorangegangenen 20 Jahre christdemokratischer Regierungen. – Vom moralischen Standpunkt gesehen ist dieser Terrorakt besonders perfide, denn er betrifft auch viele Frauen und Kinder. Die Bundesregierung wurde auf eine schwere Probe gestellt. Man vermutet, daß es in dieser Situation nur eine reelle Möglichkeit gibt, um das Abschlachten unschuldiger Menschen zu verhindern – die Erfüllung der Bedingungen des Ultimatums.

LE MATIN (Frankreich)
Die Affäre Schleyer hat in der Entführung der Lufthansa-Maschine eine internationale Dimension bekommen. Die von Helmut Schmidts Krisenstab nach der Entführung von Schleyer gewählte Taktik bestand darin, die Affäre in die Länge zu ziehen, und wurde jetzt umgekehrt. Baaders Freunde waren der Ausflüchte der deutschen Behörden müde und sind zur Offensive übergegangen. Sie treiben die Bonner Regierung somit

in die Enge. Helmut Schmidt durchlebt eine der dramatischsten Kraftproben seit Beginn seines Amtsantrittes als Bundeskanzler.

TAGES-ANZEIGER (Schweiz)
Es erscheint als schwer denkbar, daß die Bundesregierung jetzt die Forderungen der Terroristen kurzerhand ablehnt und damit 87 Menschen opfert, nachdem sie zuvor, als »nur« das Leben einer Person auf dem Spiel stand, Verhandlungsbereitschaft erkennen ließ. Andererseits läßt sich ein Nachgeben politisch nur schwer vertreten.

LE QUOTIDIEN DE PARIS (Frankreich)
Wir müssen uns vor einem überstürzten Urteil hüten: Es gab harte Worte über die Israelis, als sie eine Schule stürmten oder ein von den Fedajin besetztes Gebäude. Es gilt, das Ausmaß der terroristischen Herausforderung abzuschätzen, bevor man die Reaktionen, die sie nach sich zieht, kritisiert.

KURIER (Österreich)
Bisher waren es Minister oder Politiker, Denker oder Industrielle, die gekidnappt wurden. Ihre Geiselnahme konnte man als eine Art »Berufsrisiko« ansehen ... Aber jetzt: Kinder, Frauen, Urlauber und eine Besatzung, die nichts als ihre Pflicht tut. Die Stimmung schlägt um, nicht nur in Bonn. Zuerst der Mensch, dann der Staat, heißt es verstärkt ... Hat Bonn überhaupt noch eine Wahl?

L'AURORE (Frankreich)

Die Terroristen – Deutsche, Palästinenser und andere – wollen den deutschen Staat in die Knie zwingen und überdies glanzvoll Rache nehmen für ihre Niederlage in Entebbe. Ihr Ziel ist es, nicht nur Bonn zu erniedrigen und Baader sowie den harten Kern des deutschen Terrorismus für weitere Gewalttaten wiederzugewinnen. Das wahre Ziel ist es, eine der solidesten Bastionen des Westens ins Wanken zu bringen, eine Bundesrepublik, die dem Ostblock in vorderster strategischer Linie gegenübersteht und die nicht mehr oder weniger von einer sozialistisch-kommunistischen Regierung bedroht wird.

BASLER ZEITUNG (Schweiz)

Man vermißt doch seit dem 5. September ein Engagement für die westdeutsche Demokratie, für die es um weit mehr als den zu früh begonnenen Parteienstreit über weitere »Maßnahmen« für die Zukunft geht. Schon die geringe Teilnahme an der Stuttgarter Schweigedemonstration nach der Trauerfeier für die Opfer der Kölner Morde zeigte wenig Solidarität der deutschen Bevölkerung mit ihrer jetzt schwerbelasteten Demokratie.

EL – SJASSA (Kuwait)

Beendet diese sich immer wiederholenden menschlichen Tragödien durch harte Beschlüsse! Diese Entführungen finden meist in echt demokratischen Ländern statt, also in Ländern, in denen der Staat erst dann für schuldig befunden wird, wenn seine Schuld erwiesen ist. Findet dann eine Entführung statt, ist es bezeichnend, daß die Täter in ein sogenanntes sozialistisches

Land entweichen . . . Wir fordern die Länder, die entführte Maschinen aufnehmen, dazu auf, dem Terrorismus den Kampf anzusagen.

Als dem Terrorismus in Mogadischu der Kampf angesagt worden war, jubelte die internationale Presse:

FRANCE-SOIR (Frankreich)
Ah, das war ein schöner Tag . . . Unsere Sache, unser Drama, unser Krieg, unser Sieg.

L'AURORE (Frankreich)
Das ist die Stunde des Triumphes für Bundeskanzler Schmidt. Ein Sieg der Härte. Und ein Sieg des Westens, denn ohne die Unterstützung von Giscard d'Estaing, James Callaghan und anderen Mitgliedern der Europäischen Gemeinschaft, die Schmidt ermutigten, hätte sich der Kanzler sehr alleine gefühlt.

WALL STREET JOURNAL (USA)
Dramatisch wurde der Welt vor Augen geführt, was die Welt von den Deutschen und viele Deutsche von sich selbst nicht erwartet hätten: daß die Deutschen gleichzeitig stark und menschlich sein können.

LE FIGARO (Frankreich)
Was man in den letzten fünf Tagen als zögernde Haltung der Bundesregierung ansah, scheint jetzt nur noch Taktik gewesen zu sein, um Zeit zu gewinnen für eine Operation nach dem Vorbild Entebbe. Jetzt stellt sich die dramatische Frage: Hat Bonn durch die Rettung der Geiseln Arbeitgeberpräsident Hanns-Martin Schleyer geopfert?

DAILY EXPRESS (Großbritannien)
Ein Nachgeben hätte die Terroristen in ihrer Stärke und ihrem Selbstvertrauen bestätigt. Jetzt wird es eine verständliche Forderung im ganzen Westen geben: Ein Mehr an Härte und Findigkeit, die die Deutschen und die Israelis bei ihren Sturmangriffen auf Luftpiraten gezeigt haben.

LA STAMPA (Italien)
Die Appelle der Angehörigen der Geiseln an die Regierung und an das Bundesverfassungsgericht, die Verwandten um jeden Preis zu retten, muß man verstehen und achten. Aber die Ablehnung dieser Kapitulation ist jedoch der einzig richtige Weg – im Interesse des deutschen Volkes und aller Völker.

EVENING NEWS (Großbritannien)
Der Bundesregierung und ihrer Kommandoeinheit ist für ihren harten und heldenhaften Einsatz zu gratulieren, mit dem sie den gefährlichsten Piratenakt der jüngsten Zeit beendet haben. Jede Regierung, die stolz auf ihre eigene Fluggesellschaft ist, aber nicht bereit ist, sie zu verteidigen, ist unfähig, im Amt zu bleiben.

LA REPUBLICA (Italien)
Niemals zuvor wie bei diesem grauenvollen Unternehmen lösten die Terroristen eine derart brutale Verurteilung in der internationalen öffentlichen Meinung aus. Nicht eine einzige Stimme in der Welt hat sich zu ihrer Verteidigung erhoben.

DAILY TELEGRAPH (Großbritannien)
Ein Nachgeben der Bonner Regierung hätte die Terroristen in ihrer Macht und ihrem Selbstvertrauen bestätigt. Die Herrschaft des Terrors hätte nicht aufgehört. Sie hätte erst begonnen.

JEDIOTH ACHARONOTH (Israel)
Die israelische Rettungsaktion von Entebbe in Uganda war Vorbild für die Deutschen.

DER BUND (Schweiz)
Zur Stunde verfolgte die Bundesregierung den einzig richtigen Kurs: den des unentwegten und ernsthaften Versuchs, Menschenleben zu retten.

EKSTRABLADET (Dänemark)
Der Erfolg, der in der vergangenen Nacht erzielt wurde, gibt uns Anlaß zur Hoffnung, daß es vielleicht doch für die Zukunft möglich sein könnte, den Terror zu bekämpfen.

KRONEN-ZEITUNG (Österreich)
Was muß noch alles passieren, bis die Welt einmal zu einer Gemeinsamkeit im Kampf gegen den Terror gelangt? Vorläufig reagieren die Staaten so, wie es heute in Großstädten üblich ist, wenn jemand um Hilfe ruft: Man geht weiter, schaut weg, damit man nicht selbst in eine unangenehme Geschichte verwickelt wird.

Aber in dem internationalen Jubelchor gab es auch Mißklänge. Aufgebracht durch die vereitelte Aktion ihrer Gesinnungsgenossen verübten Linksradikale Anschläge auf deutsche Einrichtungen im Ausland. Zertrümmerte Fensterscheiben, von Bomben verwüstete Büros und Geschäfte, sinnlos demolierte Autos als Rache für die Rettung von Mogadischu.

Wieder waren es die »Landshut«-Geiseln, die sich von diesen Gewaltaktionen bedroht fühlten, so, als hätten sie ihnen gegolten.

Einer der Passagiere sagte: »Wenn man einmal in diesem Teufelskreis von nackter Gewalt und Haß als Opfer war, dann denkt man bei jeder neuen entsprechenden Meldung automatisch: Nun bist du wieder dran.«

Die Familie Röhll erhielt wenige Stunden nach ihrer Ankunft in Berlin eine anonyme telefonische Morddrohung, die die junge Mutter so sehr in Panik versetzte, daß sie wieder ihre Koffer packte und mit ihrer Familie zu Freunden nach Westdeutschland flüchtete.

Zufällig, aber auf beklemmende Weise hatten sich die Lebenskreise der Menschen in der »Landshut«, deren Befreiung so ausführlich kommentiert wurde, mit denen der inhaftierten Terroristen verknüpft, die nach dem Willen der Flugzeugentführer gegen die Geiseln ausgetauscht werden sollten.

Mit einer Konsequenz, die schaudern macht, fand das Drama wenige Stunden nach der Befreiungsaktion seine Fortsetzung. Der Kreis schloß sich wieder.

Die Rettung durch die GSG-9-Beamten, die so viel Jubel auslöste, muß den Häftlingen von Stuttgart-Stammheim, die die Freiheit schon zum Greifen nahe gesehen hatten, wie eine Niederlage erschienen sein, der sie sich nur durch Selbstmord entziehen konnten.

Am Dienstagmorgen, 18. Oktober 1977, fanden die diensthabenden Beamten die Leichen der Häftlinge

Andreas Baader, Jan-Carl Raspe und Gudrun Ensslin in den Zellen. Gudrun Ensslin hatte sich erhängt. Die beiden Männer hatten den Freitod durch Erschießen gewählt.

Von der Mitgefangenen Irmgard Möller teilte Baden-Württembergs Justizminister Traugott Bender auf einer Pressekonferenz mit: »Sie wurde mit Stich- und Schnittverletzungen im Bereich der linken Brust, auf ihrer Matratze liegend, aufgefunden. Sie wurde mit einem Notarztwagen in ein Krankenhaus transportiert.«

Was sich in den getrennt liegenden Zellen der vier deutschen Terroristen in der Nacht abgespielt hat, als die Rundfunkanstalten die glückliche Befreiung der Geiseln meldeten, läßt sich nur erahnen. Wahrscheinlich hat Jan-Carl Raspe aus einem Transistorradio, das später in seiner Zelle gefunden wurde, die Nachricht von der Geiselbefreiung in Mogadischu gehört und über ein geheimes Kommunikationssystem an seine Zellengenossen weitergemorst.

Die Zeitschrift *TIMES* schrieb über den Selbstmord: »Wie Hitler in seinem Bunker zogen sie den Tod dem Erlebnis der Niederlage vor.«

Noch wenige Stunden bevor er sich durch einen Genickschuß tötete, hatte Andreas Baader einen hohen Beamten des Bonner Kanzleramtes, der ihn in seiner Zelle aufsuchte, um die Freiheit für sich und seine Komplizen gebeten.

Als das abgelehnt wurde, versuchte er seinen Freitod als Mord zu kaschieren. Von dieser Tat sagte Bundesinnenminister Werner Maihofer: »Man kann die Perfidie auch so weit treiben, daß man seine eigene Tötung zur Hinrichtung macht.«

Und damit war das Drama immer noch nicht beendet: Wahrscheinlich einen Tag nach der Nacht von Mogadischu und dem Selbstmord der deutschen Terroristen ermordeten skrupellose Entführer den Präsidenten der Arbeitgeberverbände, Hanns-Martin Schleyer.

Seit dem 5. September 1977 war er in der Gewalt seiner Entführer gewesen. Auch sein Leben hatte sich mit den Schicksalen der »Landshut«-Passagiere verknüpft. Seine Leiche fand man im Kofferraum eines Wagens, der im elsässischen Mülhausen abgestellt worden war.

In einer Presseerklärung verurteilte Regierungssprecher Bölling die Tat auf das schärfste und sagte wörtlich:

> »Erschütterung und Zorn erfüllen uns. Der feige Mord an Hanns-Martin Schleyer beweist, daß die Täter unbelehrbar sind. Der Staat wird die Verbrecher, die nach unseren Erkenntnissen auch für die Morde an Heinz Marcisz, Wolfgang Göbel, Georg Wurster, Reinhold Brändle, Roland Pieler, Helmut Ulmer, dem holländischen Bürger Arie Kranenburg, Jürgen Ponto, Siegfried Buback und Jürgen Schumann verantwortlich sind, mit allen ihm zu Gebote stehenden Mitteln verfolgen. Sie werden nicht mehr zur Ruhe kommen. Appelle, auf ihrem zerstörerischen Weg haltzumachen, sind ungehört geblieben.
> Wir werden den Mördern keine Chance lassen. Der Selbstmord ihrer Gesinnungsgefährten hat gezeigt, daß sie nicht davor zurückschrecken, die Auslöschung ihres eigenen Lebens als Mittel des Kampfes gegen die Gesamtheit unseres Volkes einzusetzen. Die Polizei und die anderen Sicherheitsorgane von Bund und Ländern werden mit aller Kraft und ohne Unterlaß nach den Mördern fahnden und sie mit Sicherheit fassen.

Jeder Bürger in unserem Land wird den Sicherheitsbehörden dabei helfen, die Täter aufzuspüren. In den vergangenen sechs Wochen wurde ein dichtes Netz an Beweisen geknüpft. Mit allen Kräften haben das Bundeskriminalamt und die Polizei der Länder in einer für den Bürger nicht sichtbaren Weise Tag und Nacht an der Aufklärung des Verbrechens gearbeitet. Mit Rücksicht auf das Leben von Hanns-Martin Schleyer mußten diese Maßnahmen bisher der Öffentlichkeit soweit wie möglich verborgen bleiben. Die öffentliche Fahndung zur Ergreifung der 16 bereits bekannten Täter hat in dieser Stunde begonnen.

Die Bundesregierung, die Vorsitzenden der Parteien und der Fraktionen des Deutschen Bundestages bekunden Frau Schleyer, den Söhnen von Hanns-Martin Schleyer, der ganzen Familie ihr Mitgefühl.

Die Bundesregierung, beraten von den politisch Verantwortlichen dieses Staates, wußte zu jeder Stunde, daß die Entführer nicht zögern würden, weitere Morde zu begehen. Nachgiebigkeit gegenüber diesen verbrecherischen Fanatikern würde sie zu immer neuen Morden herausfordern.

Weil das erwiesen ist, muß der Staat diese Täter zum Aufgeben zwingen. Sonst würde er seine Pflicht gegenüber der Gesamtheit der Bürger versäumen.

Der Bundeskanzler und die in dem großen Beraterkreis versammelten Partei- und Fraktionsvorsitzenden verbeugen sich vor dem Leid, das Frau Schleyer und ihren Söhnen durch die schreckliche Tat zugefügt worden ist.«

Londons berühmter Polizei, *Scotland Yard,* blieb es vorbehalten, Licht in das Dunkel der Flugzeugentführung von Mogadischu zu bringen. Sie erkannte in dem erschossenen Terroristenanführer, der sich Mahmud genannt hatte, den seit Monaten gesuchten mehrfachen Mörder Zuheir Youssef Okasha wieder.

Okasha wurde vor sechsundzwanzig Jahren im Beiruter Armenviertel geboren und tauchte im Frühjahr 1977 erstmals in London auf. Am 10. April 1977 ermordete er den ehemaligen Regierungschef des Jemen, Al-Hejri, und dessen Begleiter. Obwohl sofort eine große Polizeirazzia eingeleitet wurde, konnte er unerkannt aus England verschwinden.

Auch der zweite Lufthansa-Pirat, der sich ebenso wie seine Komplizen in Palma de Mallorca mit einem gefälschten Paß ausgewiesen hatte, stammt aus dem Libanon. Wabil Harb hatte vor der Kaperung der »Landshut« an mehreren Guerillaaktionen und Terroranschlägen im Libanon und im Ausland teilgenommen.

Bei den beiden Geiselnehmerinnen handelte es sich um die 22jährige Hind Alameh und die gleichaltrige Suhaila Sayeh. Sie hatte die Erstürmung der »Landshut« überlebt.

Die vier sollen einer radikalen palästinensischen Splittergruppe angehört haben, die inzwischen die Verantwortung für die Entführung übernommen hat.

An dem Tag, an dem die Londoner Polizei diese Ermittlungsergebnisse bekanntgab, kehrte die »Landshut« in die Bundesrepublik zurück. In Hamburg soll sie in der Lufthansa-Werft repariert und generalüberholt werden. Das Flugzeug wies nicht nur an der Außenhaut Schußlöcher auf, sondern war auch in der Kabine stark beschädigt worden. Die Toilettentür, die einer der Terroristinnen als Schutz gedient hatte, war völlig von Schüssen durchsiebt worden. Der Boden wurde durch Handgranaten aufgerissen.

Gleichzeitig erhielt die Lufthansa viele Zuschriften

aus der Bevölkerung mit der Bitte, die »Landshut« in »Flugkapitän Jürgen Schumann« oder »Spirit of Mogadischu« umzutaufen. Eine Gedenkplakette an Bord soll an den tragischen Tod des tapferen Flugkapitäns erinnern.

Diesen Mann ehrte die Bundesregierung mit der posthumen Verleihung des Bundesverdienstkreuzes an seine Witwe.

Orden erhielten auch die Männer der GSG 9. An seinem Geburtstag konnte Innenminister Werner Maihofer dem Kommandeur der GSG 9 Ulrich Wegener das Große Verdienstkreuz umhängen. Dekoriert und geehrt wurden ebenfalls die Mitglieder der »Landshut«-Besatzung.

Bundeskanzler Helmut Schmidt erhob den GSG-9-Kommandeur auf ungewöhnliche Art in den Rang eines Leitenden Polizeidirektors, nachdem er ihn in einem ersten Danktelegramm versehentlich mit dieser Dienstbezeichnung angeredet hatte. »Es wird bei dem Leitenden bleiben«, erklärte der Kanzler.

Zu den Grenzschutzbeamten sagte er: »Sie haben die Operation in Mogadischu dank Ihrer hervorragenden Ausbildung und Ausstattung, dank Ihres Mutes zu einem glücklichen Ende gebracht. Es hätte auch anders ausgehen können. Ihr habt gemeinsam ein Vorbild gesetzt für die jungen Menschen in unserem Land, ein Beispiel, für das wir alle einzutreten haben und wofür einigen von uns im Notfall auch der Einsatz des eigenen Lebens abverlangt werden kann. Im Namen der Bundesregierung und im Namen des ganzen deutschen Volkes danke ich Ihnen für Ihre Leistung.«

Das Resümee dieser ereignisreichen Tage hatte der Bundeskanzler bereits vorher in einer Regierungserklärung gezogen, die er am 20. Oktober 1977 vor dem Deutschen Bundestag abgab:

»1. Das Bundesverfassungsgericht hat in den frühen Morgenstunden des 16. Oktober 1977 im Namen unseres Volkes für Recht erkannt:
Die ersten beiden Artikel unseres Grundgesetzes verpflichten den Staat, jedes menschliche Leben zu schützen. Diese Schutzpflicht ist umfassend. Sie gebietet dem Staat, sich schützend und fördernd vor dieses Leben zu stellen, d. h. vor allem, es auch vor rechtswidrigen Angriffen von seiten anderer zu bewahren. An diesem Gebot haben sich alle staatlichen Organe, je nach ihren besonderen Aufgaben, auszurichten.‹
Das Verfassungsgericht hat hinzugefügt:
›Das Grundgesetz begründet eine Schutzpflicht nicht nur gegenüber dem einzelnen, sondern auch gegenüber der Gesamtheit aller Bürger.‹
Die Wahrnehmung dieser doppelten Pflicht ›setzt voraus, daß die staatlichen Organe ihre Maßnahmen der Vielfalt der jeweiligen konkreten Situation ohne Festlegung auf ein bestimmtes Verhalten anpassen können.‹
Am gleichen 16. Oktober, nachdem dieses Urteil ergangen war, haben die Bundesregierung, die Partei- und Fraktionsvorsitzenden des Deutschen Bundestages und die Ministerpräsidenten der vier betroffenen Bundesländer öffentlich bekanntgemacht, daß sie schon bisher nach diesen Grundsätzen beraten und gehandelt hatten und daß sie in Befolgung dieser Grundsätze auch weiterhin alles tun würden, um ihrer schweren Verantwortung gerecht zu werden.
Viele Wochen früher, nämlich unmittelbar nach der

Entführung Dr. Schleyers, habe ich in dem soeben erwähnten Beratungskreise mit Zustimmung der Beteiligten die vier Maximen, die unser Handeln bestimmen sollten, folgendermaßen umrissen:

1. Dr. Schleyer lebend zu befreien; zu einem späteren Zeitpunkt war es selbstverständlich, daß dies ebenso galt für die als Geiseln genommenen 82 Passagiere und 5 Besatzungsmitglieder in dem entführten Lufthansa-Flugzeug.
2. Die Täter zu ergreifen und vor Gericht zu stellen.
3. Die Fähigkeit des Staates, seine Bürger gegen Gefahren zu schützen, zu sichern und das Vertrauen der Bürger, aber auch das Vertrauen der Menschen außerhalb der Bundesrepublik Deutschland, in diese Schutzfunktion unseres Staates zu wahren.

Gewiß war dies damals eine sehr einfache Sprache. Gleichwohl legen wir diese von uns vor Wochen erarbeiteten Maximen heute unverändert öffentlich vor.

Jedermann kann erkennen, daß es kaum vorstellbar erscheinen konnte und erscheinen kann, alle drei Maximen zugleich, durch eigenes Handeln und durch eigenes Unterlassen, in die Wirklichkeit zu übertragen.

Vielmehr war von Anfang an klar – und dies galt für unsere Bemühung um das Leben und die Freiheit Dr. Schleyers, für die Rettung der Geiseln im Flugzeug, und es gilt für zukünftig denkbare Fälle –, daß die Erfüllung jeder einzelnen der drei Maximen nach menschlicher Voraussicht die Erfüllung der übrigen Maximen einschränken oder gar gefährden mußte.

In dieser unausweichlichen Gewißheit hatten wir unsere Entscheidungen zu treffen. Unausweichlich befanden wir uns damit im Bereiche von Schuld und Versäumnis.

Es ist uns gelungen, die Passagiere und vier der fünf Besatzungsmitglieder der entführten Lufthansa-Ma-

schine aus der Gewalt von vernichtungswilligen Verbrechern zu befreien und ihr Leben zu retten.
Es ist uns nicht gelungen, die Morde in Karlsruhe, in Oberursel, in Köln, den Mord an Bord des Lufthansa-Flugzeuges und den in Mülhausen im Elsaß offenbar gewordenen zu verhindern.
Es ist uns – mit Ausnahme der Ergreifung eines mutmaßlichen Täters in Holland – bisher noch nicht gelungen, die Mörder von Karlsruhe, Oberursel und Köln zu ergreifen. Immerhin sind allerdings die heute zu veröffentlichenden Fahndungsergebnisse schon bisher sehr erheblich.
Die 11 Gefangenen, die in erster Instanz wegen Mordes verurteilt worden oder nach Richterspruch des Mordes dringend verdächtig sind und deren Freilassung durch die zuständigen Landesregierungen erpreßt werden sollte, haben wir nicht ausgeliefert. Ihnen liegen die Tötung von 13 Menschen und 43 weitere Mordversuche zur Last. Drei von ihnen haben vorgestern Selbstmord begangen.
Wir mußten befürchten, daß sie nach ihrer Freilassung weitere schwere Verbrechen begehen – so wie diejenigen, die durch die Entführung von Peter Lorenz freigepreßt wurden; ihnen werden der Mord an 9 Personen und weitere 4 Mordversuche zur Last gelegt.
2. Es ist mir am heutigen Tage, wie schon in all den letzten Wochen, eine große Hilfe, daß der Rat der Evangelischen Kirche Deutschlands versichert hat, unsere Entscheidungen mit Vertrauen aufnehmen zu wollen, und von der Bereitschaft der Kirche zu wissen, auch die Folgen gemeinsam zu tragen.
Der Terrorismus ist keineswegs tot – weder in Deutschland noch sonstwo auf der Welt. Die Bundesregierung und alle Parteien und Fraktionen des Deutschen Bundestages werden angesichts der gegenwärtigen schweren Belastungen alles tun, um die Fähigkeit

des Staates, seine Bürger zu schützen, zu wahren. Wir werden dabei – wie gestern und heute, so auch morgen – den Befehlen des Grundgesetzes gehorchen.
Das Urteil, auf das wir uns beziehen, bestärkt uns darin, daß wir auch in Situationen größter Belastung die gesetzlich gesetzten Grenzen achten und wahren, das heißt, rechtsstaatlich handeln.
Ich stimme der Erklärung der Fuldaer Bischofskonferenz der römisch-katholischen Kirche zu, die das Parlament – uns – am 21. September 1977 aufgefordert hat,
›alle in der Verfassung, alle im Grundgesetz und im Rechtsstaat gegebenen Möglichkeiten auszuschöpfen und konsequent zu verwirklichen, ehe überhaupt Verfassungsänderungen in Betracht gezogen werden.‹
Die Bereitschaft der Kirche,
›jedem ein guter Partner zu sein, der sich um Überwindung des Terrors müht‹,
stärkt uns in unserer Zuversicht.
Daß das Oberhaupt der katholischen Kirche im ehrwürdigen Alter von 80 Jahren davon spricht, er würde sich selbst als Ersatzgeisel anbieten, falls das von Nutzen wäre, kennzeichnet das Ausmaß des Schreckens und der Betroffenheit über die Leiden der von den Verbrechen betroffenen Menschen.
3. In der Nacht von Montag auf Dienstag und am ganzen gestrigen Tage haben Millionen Deutsche und aber Millionen von Menschen in aller Welt aufgeatmet, als in Mogadischu im ostafrikanischen Somalia nach einem Irrflug von 9000 km die Befreiung von 86 Menschen aus unmittelbarer Lebensgefahr gelungen war. Auch wenn wir unsere Toten zutiefst beklagen – und mit ihren Familien und ihren Freunden deren Trauer teilen –, so dürfen wir doch auch mit Genugtuung auf die Leistung unserer Grenzschutzbeamten und

all derer schauen, die wir nach Mogadischu entsandt hatten.

Hier wurde ein Beispiel und Vorbild gesetzt für die Jungen in unserem Lande; ein Beispiel dessen, wofür wir alle einzutreten haben:

- für die Erhaltung der Würde des Menschen
- für die Erhaltung der unverletzlichen und unveräußerlichen Menschenrechte,
- für das Recht auf Leben und für die Freiheit der Person.

Ich weiß, daß viele junge Menschen die Überbetonung materiellen Lebensgenusses mißbilligen, der sich angesichts unseres hohen Lebensstandards mancher allzu bereitwillig hingibt und die bei manch einem die Frage nach dem Sinn seines Lebens in den Hintergrund treten läßt.

Ich weiß, daß viele junge Menschen – nicht nur in unserem Staat – die Frage nach dem Sinn ihres Lebens stellen.

Jeder von ihnen wird seine eigenc Antwort suchen müssen. Sie kann nur gefunden werden in der bewußten Orientierung auf oberste Werte, und – weil wir als einzelne nicht leben können, sondern vielmehr auf Gemeinschaft und Gesellschaft mit vielen anderen angewiesen sind – sie kann nur gegeben werden im Bewußtsein jener Werte, auf denen Gemeinschaft beruht und auf die unser Staat gegründet ist.

Die befreiende Tat in Somalia entspringt den bewußt erlebten Grundwerten der Freiheit und der Solidarität. Hier wurde ein Beispiel gegeben für die Bedeutung unserer Grundwerte. Hier wurde Orientierung gegeben.

Es ist falsch, nur danach zu trachten, was ein einzelner oder eine Gruppe von der Gemeinschaft, von der Gesellschaft oder vom Staat empfangen oder sich verschaffen könnte. Es ist vielmehr notwendig, daß wir

alle uns selbst fragen, was wir der Gemeinschaft zu *geben* haben, und wie wir ihr dienen können.
In Mogadischu wurde zugleich ein Zeichen gesetzt für die Zusammenarbeit unter den Völkern und Staaten der Welt und für die gemeinsame Überwindung der Geißel des internationalen, lebensverachtenden, gemeinschaftszerstörenden Terrorismus.
4. Wir haben in den schweren Stunden, in denen wir die drückende Last der Entscheidung trugen, nicht allein gestanden.
Tief eingeprägt hat sich uns die Bereitschaft von Regierungen im Nahen Osten und auf dem afrikanischen Kontinent, sich gemeinsam mit uns um die Befreiung der Menschen aus ihrem Leiden zu bemühen.
Der besondere Dank der Bundesregierung, unseres ganzen Volkes und – ich bin sicher – aller Menschen auf der Welt, welche den Terrorismus ablehnen, gilt dem Staatspräsidenten von Somalia, Syad Barre, und seiner Regierung. Die Entscheidung mag dem Präsidenten nicht leichtgefallen sein. Aber er war bereit, einen entscheidenden Beitrag zu leisten, um das Leben der Geiseln zu retten. Die Zusammenarbeit der Sicherheitsorgane von Somalia mit den unseren war ausgezeichnet. Die Hilfsbereitschaft war groß.
Wir dürfen das niemals vergessen. Es hat Einfluß auf unsere zukünftigen Beziehungen.
Somalia hat ein Beispiel gesetzt für die unerläßliche internationale Zusammenarbeit, durch die allein eine erfolgreiche Bekämpfung des Terrorismus möglich ist. Möge dieses Beispiel in allen Ländern der Welt auf fruchtbaren Boden fallen.
Ich möchte, was sich dort ereignet hat, mit einem biblischen Gleichnis umschreiben: Unser schwarzer Bruder war der barmherzige Samariter, der die unter die Räuber gefallenen Weißen aus ihrem Elend rettete. Politisch heißt dies: Solidarität zeigten gerade die, denen

einige in unserem Lande kritisch oder sogar ablehnend begegneten, weil sie für die Gestaltung ihrer Gesellschaft einen eigenen Weg gewählt hatten.
Wir in der Bundesrepublik haben erfahren, was es bedeuten kann, wenn Solidarität keine Grenzen kennt. Wir alle haben die Verantwortung dafür, daß uns nicht nachgesagt wird, es sei leichter, Solidarität zu empfangen als sie zu geben.
In Dubai – auch wenn die Terroristen schließlich den Abflug der Maschine aus jenem Staat erzwangen – verdient der engagierte und umsichtige Einsatz von Verteidigungsminister Scheich Muhammad und der anderen Persönlichkeiten, die Staatsminister Wischnewski auf dem Tower und dem Flugplatz von Dubai unterstützt haben, unsere volle Anerkennung.
König Khaled und Kronprinz Fahad von Saudi-Arabien haben uns in entscheidenden Momenten geholfen. Wir danken für ihre Hilfe.
Im besonderen Maße muß der selbstlose und unermüdliche Einsatz von fünf italienischen Ärzten gewürdigt werden, die nach der Befreiung die verwundeten, geschwächten und schockierten Geiseln in einem schnell eingerichteten Notlazarett behandelt haben.
Zu den positiven Erfahrungen zähle ich auch die Bereitschaft der Sowjetunion, sich für uns bei der Regierung von Südjemen zu verwenden. Daß die DDR sich gleichfalls hierzu bereitfand, ist eine erfreuliche Bestätigung für die Fortschritte in unseren Beziehungen.
Unsere Freunde im Westen standen rückhaltlos auf unserer Seite. Wir haben von Premierminister Callaghan, Präsident Giscard d'Estaing und Präsident Carter nicht nur moralische Unterstützung, sondern auch tätige Hilfe erhalten.
In all dieser Hilfe ist deutlich geworden, wie sehr das Bewußtsein gewachsen ist, daß – weil kaum ein Land der Welt vom internationalen Terrorismus verschont

bleibt – alle bereit sein müssen, auch international zusammenzuarbeiten, um einen wirkungsvollen Schutz der Menschen gegen Geiselnahme zu gewährleisten.
Bereits vor einem Jahr hat der von der Bundesregierung in die Vereinten Nationen eingebrachte Entwurf einer Konvention gegen die Geiselnahme in der 31. Generalversammlung positive Aufnahme gefunden. Wir haben jetzt alle VN-Mitgliedsstaaten gebeten, diese Konvention beschleunigt zu behandeln und zu verabschieden.
5. In den letzten Tagen und Wochen haben auch viele Bürger unseres Staates aufopfernd gearbeitet. Mein Dank gilt Tausenden von Angehörigen der Sicherheitsorgane von Bund und Ländern, in Sonderheit denen des Bundeskriminalamtes, die zum Teil praktisch ohne Unterbrechung seit Wochen mehr als ihre Pflicht tun.
Ich danke den Mitgliedern der verschiedenen Krisenstäbe und ihren Mitarbeitern.
Wir danken auch den Menschen in der entführten Maschine, die 120 Stunden in der Gewalt der Terroristen schwerste psychische und physische Belastungen in bewundernswerter Weise ertragen haben.
Ein besonderes Gedenken schulden wir dem ermordeten Flugkapitän Jürgen Schumann. Er hat unter tödlicher Bedrohung Mut und Umsicht bewiesen.
6. Bischof Class hat in seiner Predigt gesagt, es komme darauf an, das böse Geheimnis der Gesetzlosigkeit zu überwinden.
Diese Überwindung wird große Anstrengungen aller notwendig machen. Wir alle werden uns dabei nach dem Grundgesetz und nach den Gesetzen zu richten haben.
Mit großer Betroffenheit und Bestürzung hat die Bundesregierung von den jüngsten Ereignissen in dem Gefängnis in Stuttgart-Stammheim erfahren. Es ist uns

unvorstellbar, wieso es trotz des Kontaktsperregesetzes, das bei vielen Abgeordneten des Deutschen Bundestages die Überwindung erheblicher Zweifel erforderte, möglich war, daß Gefangene in den Besitz von Schußwaffen kommen konnten.
Nach unserer grundgesetzlichen Ordnung sind der Vollzug von Strafen und das Gefängniswesen Sache der Bundesländer, nicht der Bundesregierung. Gleichwohl muß die Bundesregierung aus Gründen der Schutzfunktion des Staates, aus Gründen der Rechtssicherheit, aus innenpolitischen Gründen und aus außenpolitischen Gründen – wegen des deutschen Ansehens in der Welt – dringend erwarten, daß diese Vorgänge in einer über jeden Zweifel erhabenen Form untersucht, vollständig aufgeklärt und die Ergebnisse öffentlich vorgelegt werden.
Die der Bundesregierung bisher durch die baden-württembergische Landesregierung mitgeteilten Umstände, vor allem der Obduktionsbefund, lassen darauf schließen, daß in Stammheim Gefangene zur Verschärfung des terroristischen Kampfes gegen unseren Staat und dessen freiheitliche Grundordnung – nach den früheren Hunger- und Durststreiks – nunmehr auch die gewaltsame Zerstörung eigenen Lebens als Kampfmittel eingesetzt haben. Offenbar wollten sie ihren Tod nicht als Zeichen später Einsicht, sondern vielmehr als Fanal für ihre noch in Freiheit befindlichen Gleichgesinnten. Drohungen, die schon vorher ausgestoßen worden waren, erhärten dieses.
7. Die unbegreiflichen Vorgänge in Stammheim dürfen und werden unseren Blick in die Zukunft nicht vernebeln.
Als erstes gilt es, die Erfahrung praktischer Solidarität im Handeln der Verantwortlichen für kommende Bewährungsproben lebendig zu halten. Am 15. September habe ich hier die Hoffnung ausgedrückt, daß die

Zusammenarbeit der Bundesregierung mit den Partei- und Fraktionsvorsitzenden Brandt, Kohl, Mischnick, Strauß und Wehner sowie den vier betroffenen Landesregierungen bis zum Ende der schlimmen Zwangslage andauern möge, in die uns das terroristische Verbrechen gebracht hat.

Heute kann ich sagen, daß wir in den schweren Entscheidungen der letzten Wochen bis zum heutigen Tage tatsächlich alle so zusammengestanden haben. Wir haben jeden Schritt gemeinsam beraten und einmütig gebilligt. Wir haben viele Pläne gefaßt, viele haben wir verworfen, einige wurden zuschanden. Wir haben gemeinsam Wagnisse auf uns genommen.

Ohne diese Gemeinsamkeit wäre die Befreiung der Geiseln der Flugzeugentführung nicht gelungen. Ohne sie wäre aber auch ein Fehlschlag, der ebenso einzukalkulieren war, nur schwer zu tragen gewesen.

Ich gehe davon aus, daß diese Solidarität am heutigen Tage, wo wir gemeinsam uns den Folgen der Ermordung Hanns-Martin Schleyers zu stellen haben, weiterlebt und auch bewahrt wird.

Bundestag, Parteien und Fraktionen müssen den Maßstäben gerecht werden, die in den letzten Wochen gemeinsam gesetzt wurden, und der Besinnung auf das Wesentliche, die unser Volk von uns erwartet. Jeder prüfe sein eigenes Verhalten. Und jeder trage zur Entgiftung der politischen Auseinandersetzung bei, wo immer nötig.

Natürlich kann die vollständige Übereinstimmung der Regierung und der Opposition im Handeln und in der Verantwortung für ein demokratisches Gemeinwesen nicht die Regel sein. Es ist die Ausnahme, in der sich politische Vielfalt in Situationen der Not als Einheit bewährt. Ansonsten aber muß der fruchtbare Gegensatz, die Kontroverse fortbestehen. Sie ist Wesenskern parlamentarischer Demokratie.

Wir haben, um jedes Mißverständnis auszuschließen, nicht die Absicht, für die Zukunft auf allen Gebieten große Gesetzgebungskoalitionen zu verabreden. Im Gegenteil: Verantwortungen dürfen nicht verwischt werden; und ohne parlamentarischen Streit würden wir oft nicht zu sachlich vernünftigen Lösungen kommen. Die Bürger unseres Landes haben verschiedene politische Anschauungen, und es bleibt deshalb die Führungsaufgabe des Parlaments, diese unterschiedlichen Grundströmungen auch streitig auszutragen.

Allerdings würde ich es begrüßen, wenn der schon eingeleitete Versuch, einzelne Vorschläge zur besseren Bekämpfung des Terrorismus nach sorgfältiger Prüfung in einer gemeinsamen Gesetzesinitiative der drei Fraktionen zusammenzufassen, fortgesetzt und zu einem konstruktiven Ende gebracht würde.

Die Artikulierung der unterschiedlichen politischen Strömungen ist auch Aufgabe der Medien: der Presse, des Rundfunks und des Fernsehens. Dazu benötigen sie ungehinderte Information. Um so mehr gilt vielen Zeitungen und Medien des In- und Auslandes unser Dank, daß sie durch ihre Selbstbeschränkung zur Befreiung der Geiseln und zur Aufklärung der Verbrechen außerordentlich geholfen haben. Der Ablauf terroristischer Verbrechen ist wesentlich erschwert, wenn sich die Täter nicht der Massenkommunikationsmittel bedienen können. Dafür sind jetzt Maßstäbe gesetzt.

Diejenigen Medien im In- und Ausland, die sich zeitweise diese Selbstbeschränkung glaubten nicht auferlegen zu sollen und damit Gefährdungen auslösten, sollten kritisch überprüfen, wie sehr sie den Erfolg tatsächlich gefördert haben.

Die Wochen, die alle Betroffenen und unser ganzes Volk in ohnmächtiger Wut, in Schmerz und Leid, in der Hoffnung, in Glück und Enttäuschung, in dem Er-

fahren von Tapferkeit und Mitmenschlichkeit durchlebt haben, werden ihre Spuren nicht nur in Deutschland, sondern auch international hinterlassen.
Die Menschen in der Bundesrepublik, das spüre ich, sind näher zueinander gerückt. Opfermut, der Einsatz des Lebens für die Gesamtheit der Bürger, für die Demokratie, gelten – manche hatten es vielleicht schon vergessen – *mehr* als das Streben nach Materiellem. Und ein Rückzug in die Innerlichkeit allein reicht für Gemeinschaft nicht aus.
Was unser Volk in diesen Tagen an Haltung gezeigt hat, wird von der zivilisierten Welt in Ost und West, in Nord und Süd mit Respekt und Mitgefühl betrachtet.
8. Wir erfahren in diesen Jahren in vielen Ländern das Wiederaufleben zerstörerischer Gewalt, von dem die Menschheit glaubte, daß sie durch geschichtliche Erfahrung und menschliche Moral überwunden sei. Es gibt kein politisches Prinzip, mit dem der Rückfall von der Menschlichkeit in die Barbarei sittlich gerechtfertigt werden kann.
Ich sage vor allem den jungen Menschen, daß Demokratie nicht allein aus Prinzip zur Bildung von Mehrheiten besteht. Ihre letztlich existentielle Begründung findet sie in der Humanisierung der Politik, das heißt des Umganges mit der Macht. Indem die demokratische Verfassung von der Würde des Menschen ausgeht und nicht nur dem Staat, sondern auch dem einzelnen verbietet, mit der Existenz und der Würde des Menschen nach Belieben und Willkür zu verfahren, schreibt sie uns allen die Grenzen unseres Handelns vor.
Diese Verpflichtung dem Ganzen gegenüber umfaßt auch, den Schwachen zu helfen, Minderheiten nicht auszuschließen und gegenüber Andersdenkenden Respekt zu bewahren.

Wer aber aus dieser humanen Geschichte heraustritt, wer an die Stelle des demokratischen Rechtes das Faustrecht der Gewalt setzt, erlebt eine Ausweglosigkeit, in der vermeintliche Macht bis in die Selbstzerstörung umschlagen kann.

Ich weiß, wie schwer es Älteren oft ist, Erfahrungen weiterzugeben, und wie reserviert junge Menschen häufig sind, wenn sie das Gefühl haben, belehrt zu werden. Ich sage aber in großem Ernst, daß es unheilvolle Erfahrungen gibt, vor denen man sich schützen muß, die man selber nicht machen darf, wo eigene Einsicht und Verantwortung gebieten, zuzuhören, zu bedenken und zu lernen.

Wer weiß, daß er so oder so, trotz allen Bemühens, mit Versäumnis und Schuld belastet sein wird, wie auch immer er handelt, der wird von sich selbst nicht sagen wollen, er habe alles getan, und alles sei richtig gewesen. Er wird nicht versuchen, die Schuld und die Versäumnisse anderen zuzuschieben; denn er weiß: der andere steht vor der gleichen unausweichlichen Verstrickung.

Wohl aber wird er sagen dürfen, dieses und dieses haben wir entschieden, jenes und jenes haben wir unterlassen aus diesen und jenen Gründen –, beides haben wir zu verantworten.

Die Bundesregierung wird noch Gelegenheit nehmen, alle ihre Entscheidungen, ihre Gründe und ihre Zweifel ausführlich öffentlich darzulegen. Zu dieser Verantwortung stehen wir.«

Von den ersten Seiten der Zeitungen war das, was in Mogadischu geschehen ist, schnell durch andere neue Ereignisse verdrängt worden. Aber die 82 Passagiere und die vier übriggebliebenen Crew-Mitglieder der »Landshut« werden noch lange warten müssen, bis die

Narben verheilt sind, die die dramatischen Ereignisse während des Irrflugs in ihren Seelen zurückgelassen haben. Und vielleicht werden sie sogar nie wieder ganz dieselben sein, wie die, die in Palma de Mallorca an einem Donnerstagmittag in die Boeing 737 stiegen.

Von dem bekannten Psychoanalytiker Alexander Mitscherlich stammt die Erkenntnis: »Die seelische Belastung für die Geiseln ist unvorstellbar groß.« Bereits auf dem Rückflug von Mogadischu nach Frankfurt hatte ein Psychologe an Bord der Sondermaschine mit den Befreiten gesprochen und den Eltern, deren Kinder Zeugen der brutalen und entwürdigenden Vorfälle in der »Landshut« geworden waren, geraten, einen Psychotherapeuten aufzusuchen. Denn es sei damit zu rechnen, daß die seelischen Schäden erst nach längerer Zeit – vielleicht in fünf, sechs Jahren – bei den Heranwachsenden sichtbar würden.

Gelitten haben aber auch die Seelen der Erwachsenen. »Landshut«-Geiseln sprachen wenige Tage nach ihrer Rettung über die ganz persönlichen Erfahrungen und Auswirkungen des Dramas, wobei sie wegen der Intimität ihrer Geständnisse um Anonymität baten:

»Ein besonders mutiger Mensch war ich nie, aber seit der Entführung habe ich Angst, nackte Angst. Sie überfällt mich völlig grundlos. Und wenn ich es recht bedenke, ist sie noch viel stärker als die, die ich im Flugzeug gehabt habe.

Wenn mein Mann abends noch einmal geschäftlich weggehen muß und ich alleine in der Wohnung bin, fühle ich mich den Erinnerungen an die Entführung gnadenlos ausgeliefert. Manchmal genügt ein einziges Stichwort, und der Film wird abgespult. Zum Beispiel las ich neulich einen ganz sachlichen Bericht in der Zeitung, in dem von ›Pistolen‹ die Rede war. Da war es mit meiner Fassung vorbei. Ich sah wieder die auf mich gerichtete Pistole der Terroristen vor mir und fing an zu zittern. Mir wurde richtig schlecht, und ich bekam furchtbare Kopfschmerzen.

Da nützt es mir auch nichts, wenn mein Mann sagt: ›In der Wohnung bist du doch sicher. Hier kann dir nichts passieren.‹ Ich habe auch einmal gedacht, daß einem auf einem kurzen Flug von Mallorca nach Frankfurt – eine Strecke, die in jedem Jahr von Tausenden benutzt wird – nichts passieren kann.

Gleich bei unserer Ankunft in Frankfurt hat mein Mann, der mich abholte, zu einem Zeitungsreporter, der uns interviewen wollte, gesagt, die Terroristen seien in seinen Augen brutale Schweine. Ich fand den Ausdruck zwar hart, aber treffend. Als ich dann aber das Zitat mit vollem Namen in der Zeitung gedruckt sah, bekam ich Angst. Das werden Mahmuds Genossen lesen und sich dafür rächen.

Die Terroristen haben uns im Flugzeug gesagt, daß wir nichts über die Entführung öffentlich erzählen dürfen, und uns angedroht: ›Wir finden euch, wir haben ja eure Anschriften.‹ Jetzt sind zwar drei der Entführer tot, aber ich denke immer, daß da eine große Organisation dahinter steckt, die viel Macht hat.

Positive Erfahrungen? Natürlich hat es die auch gegeben. Alle waren so nett zueinander – ich meine die Geiseln. Das hätte ich vorher nicht für möglich gehalten. Aber wiegt das die anderen Erfahrungen auf?«

»Ich mache mir Sorgen um mein Kind, das alles hat mitansehen müssen. Dabei verhält es sich jetzt so, als sei gar nichts geschehen. Es spielt unbefangen und ist wieder richtig frech wie früher. Aber das ist es ja gerade, was mir so unheimlich ist. Ich denke, das kann doch nicht spurlos an dem Jungen vorübergegangen sein, da tickt in ihm eine Zeitbombe, die eines Tages losgeht. Für Erwachsene ist es doch schon ein großer Schock, den gewaltsamen Tod eines Menschen mitzuerleben – um wieviel schlimmer muß das für ein Kind sein? Mein Sohn hat gesehen, wie Flugkapitän Schumann vor seinem Mörder niederknien mußte. Als er schoß, habe ich ihm die Augen zugehalten.

Das muß ihn doch berührt haben. Wer weiß, was da noch auf uns zukommt.

Die einzige Reaktion, die ich an meinem Sohn festgestellt habe, ist eine auffallende Appetitlosigkeit. Er will nichts mehr essen, stochert lustlos auf dem Teller herum. Mir wäre lieber, er hätte jetzt richtig Angst – zum Beispiel wenn es dunkel wird. Dann könnte ich ihm helfen und ihm Mut machen, aber so?

Ich selber versuche die Erinnerungen zu verdrängen. Bestimmt bin ich seit der Entführung hektischer geworden. Ich tue auf einmal Dinge, die ich sonst immer vor mir hergeschoben habe. Das hängt wohl damit zusammen, daß ich erkannt habe, daß von einem Tag zum anderen alles vorbei sein kann. Ich lebe etwas bewußter als früher – das ist aber auch das einzig Gute.«

»Das Unangenehme versuche ich zu vergessen, indem ich mich an die positiven Seiten dieses Erlebnisses zu erinnern versuche. Dazu gehört einmal die Solidarität, die unter uns Geiseln während der Entführung geherrscht hat. Das hat sich ganz langsam entwickelt. Anfangs war man nur froh, daß man nicht alleine in der Maschine saß, daß man einen Nachbarn hatte –

rechts und links –, da habe ich gedacht: Wir sind so viele – uns kann nichts passieren. Die Solidarität ist immer größer geworden. Jeder hat jeden nach besten Kräften getröstet und gesagt: ›Wird schon nicht so schlimm werden. Die Bundesregierung läßt uns schon nicht im Stich.‹ Das war immer eine Bestätigung für die eigene Hoffnung. Als der Anführer zu schlagen anfing, haben wir richtig mit den Opfern mitgelitten.

Merkwürdig nur, daß dieses Gemeinschaftsgefühl eigentlich schon auf dem Rückflug nach Frankfurt wieder etwas nachließ. Ich habe mit einigen Geiseln Adressen ausgetauscht und gesagt: ›Wir haben so viel Schweres miteinander durchgemacht, das muß uns doch verbinden. Wir sollten den Kontakt untereinander nicht verlieren.‹ Mit einem meiner Leidensgenossen habe ich mich auch schon getroffen, als er mit seiner Familie in der Nähe meines Wohnortes Urlaub machte, um alles zu vergessen. Wir haben noch einmal über die Entführung gesprochen, aber irgendwie war dann der Dampf aus dem Gespräch. Wir haben nur noch über Belanglosigkeiten geredet. Das hat mir weh getan, weil die Solidarität der Gequälten für mich eine sehr wichtige Erfahrung war.

Gut war es auch mitzuerleben, wie tapfer sich die Flugzeug-Crew, insbesondere die Stewardeß, Fräulein Dillmann, hielt. Zugegeben: Früher dachte ich immer, ein Held zu sein wäre das Vorrecht der Männer, weil ich selbst ein Mann bin. Diesen Standpunkt habe ich bei der Entführung aufgegeben. Die Stewardeß war mutiger als mancher Mann. Dabei ist sie noch so jung. Als unser Kapitän erschossen wurde, habe ich mir immer eingeredet: Diese Frau ist deine einzige Hoffnung, weil die unheimlich viel innere Kraft hatte. Ihr Zureden und ihr Trost, den sie im Vorübergehen gespendet hat, wirkten so selbstverständlich, als sei diese Stewardeß schon zigmal in ähnliche Situationen verwickelt gewesen.

Ich erinnere mich noch an den Aufenthalt in Dubai. Da beobachtete ich, wie die Crew mit den Terroristen gelacht hat. Das war nur ein kurzer Augenblick, aber ich bekam Angst. Ich dachte: Was machen die denn? Machen die jetzt mit den Entführern gemeinsame Sache und verbrüdern sich? Bald bin ich aber dahintergekommen, daß die Besatzung nur mit denen scherzte, um die Terroristen für uns freundlich zu stimmen. Da war ich erleichtert.«

»In den ersten drei bis vier Tagen nach unserer Rückkehr verspürte ich ein starkes Bedürfnis, über meine Erlebnisse in der »Landshut« zu sprechen. Darum habe ich mich auch sofort zur Verfügung gestellt, als man mich fragte, ob ich zu diesem Buch Informationen beisteuern wollte.

Merkwürdig war, daß mir die Menschen, die mir nahestanden, fast etwas scheu begegneten. Wenn sie mich nach meinen Erlebnissen fragten, dann immer nur nach den Dingen, die später in der Zeitung standen: Wie das gewesen sei, als Jürgen Schumann erschossen wurde und das Flugzeug notlanden mußte. Ich wollte aber viel lieber über meine Gefühle sprechen, die mich während der Entführung bewegt haben. Automatisch fing ich an, mich zu rechtfertigen, so als habe einer zur mir gesagt: ›Du warst doch nicht der einzige Mann an Bord. Hättet ihr nicht die vier Terroristen überwältigen können? Da muß es doch mal einen günstigen Augenblick gegeben haben.‹ In Wirklichkeit hat mich das niemand gefragt, aber ich hatte das Gefühl, immer wieder betonen zu müssen: Es war gut, daß keiner den Helden gespielt hat, sonst hätte es an Bord eine Katastrophe gegeben. Die mit ihren Waffen waren klar in der Übermacht.

So einfach dazusitzen und mit anzusehen, wie wehrlose Frauen geschlagen und ins Gesicht getreten werden und nichts dagegen tun zu können, das hat mir schon innerlich sehr zugesetzt. An diesem Gefühl der Hilflosigkeit werde ich noch lange leiden. Wenn ich ehrlich bin, war es in erster Linie die Angst, die mich davor abgehalten hat, mich zu wehren, nicht das Gefühl: Du mußt vernünftig sein. Das stellte sich erst viel später ein.

Als die Terroristen kurz vor Rom den alten Frauen den Befehl gaben, die Pässe vom Boden aufzusammeln und die da so über die Erde krochen, da habe ich gedacht: Jetzt springst du auf und sagst: ›Schluß. Das sehe ich mir nicht länger an.‹ Ich bin aber sitzengeblieben, weil ich Angst vor den Handgranaten und den Pistolen hatte.

Ich glaube, daß die Terroristen es systematisch darauf angelegt haben, uns seelisch kaputtzumachen und uns klarzumachen: Ihr seid völlig in unserer Hand. Dazu gehörte auch das Herunterlassen der Rollos an den Fenstern, so daß man nicht wußte, wo man war. Dadurch fühlte ich mich absolut hilflos und den Entführern ausgeliefert.

Als in Dubai Lebensmittel in Pappkartons angeliefert wurden und ich auf dem Deckel die Aufschrift ›Dubai Airport International‹ las, war ich auf merkwürdige Weise erleichtert, obwohl mir der Name ›Dubai‹ wenig sagte. Das hat mir ein triumphierendes Gefühl gegeben: ›Jetzt bin ich klüger als ihr.‹

Aber alles in allem ist irgendwas in mir während der ganzen Geschichte kaputtgegangen. Ich fühle mich unsicher, mag nicht mehr unter Leute gehen. Und auf der anderen Seite habe ich doch das Bedürfnis zu reden, loszuwerden, was mich belastet. Ich bin innerlich zerrissen und mit mir selber nicht im reinen. Ich hoffe nur, daß sich das im Laufe der Zeit wieder legt.«

»Im Fernsehen habe ich neulich während einer Diskussion über die seelischen Auswirkungen der Geiselnahme einen Psychologen gehört, der von den Diskussionsteilnehmern, die wie ich Geiseln waren, sagte: ›Sie sprechen schon wie Wissenschaftler.‹ Das war wohl eine Anspielung auf den Versuch, die Geschehnisse mit dem Verstand zu ordnen und schließlich zu bewerten.

Für mich ist diese Methode die einzige Möglichkeit, mit den furchtbaren Erlebnissen an Bord der ›Landshut‹ fertig zu werden. Ich hatte schon immer eine klare Einstellung gegen jede Form von Terrorismus, aber bis zu meinem Irrflug war diese Einstellung sehr abstrakt.

Jetzt habe ich die nackte Gewalt, die sinnlose Brutalität, die unter dem Deckmantel eines politischen Kampfes praktiziert wurde, am eigenen Leib erfahren. Und ich fange an, mich zu fragen: Wo liegen die Wurzeln für diesen Wahnsinn? Wie entsteht Terrorismus? Was geht in den Menschen vor, die so handeln? Ich glaube, daß der Versuch, auf diese Fragen nüchtern und sachlich eine Antwort zu finden, die einzige Möglichkeit ist, auf die Dauer dem Terrorismus zu begegnen.

Für mich jedenfalls, der ich gelernt habe, wissenschaftlich zu denken, ist das ein Weg, die persönlichen schrecklichen Erlebnisse zu verdrängen. Ich merke, daß ich von Tag zu Tag gelassener werde.«

»Ich habe Angst vor dem Tag, an dem ich aus geschäftlichen Gründen zum erstenmal wieder ein Flugzeug benutzen muß. Das läßt sich in meinem Beruf gar nicht vermeiden. Im Augenblick darf ich gar nicht daran denken, denn der Gedanke an eine Flugreise ist für mich seit der Entführung verbunden mit der quälenden Erinnerung an Brutalität, Folter und Mord.

Vielleicht muß ich mich dazu zwingen, mehr an die guten Aspekte dieser Entführung, an den Mut unserer Befreier und an das Heldentum des Kapitäns und seiner Besatzung zu denken. Doch jetzt überwiegt das Entwürdigende, das mich sehr belastet und mich richtig krank macht. Seit Mogadischu leide ich unter Schlaflosigkeit, starken Kopfschmerzanfällen und Magenschmerzen. Mein Arzt meint, das seien die Auswirkungen der Erlebnisse an Bord.«

»Mit dem, was ich an Bord erlebt habe, werde ich allein wohl nie fertig werden. Während dieser Stunden sind in mir Gefühle wach geworden, die ich vorher nicht kannte. Allein diese Hemmungslosigkeit, als es nachts in der Maschine so unerträglich heiß wurde, da habe ich mich vor wildfremden Leuten ausgezogen und halbnackt dagesessen. Ich war so apathisch, mir war alles egal.

Dadurch daß ich die Pille nicht nehmen konnte, die

in meiner Handtasche war, an die ich nicht rankonnte, bekam ich überraschend meine Periode. Anderen Frauen ging es ebenso. Vor den Augen der anderen teilten die Terroristinnen Binden aus, weil man ja nichts mithatte. Im Flugzeug war mir das egal, aber jetzt finde ich das im Nachhinein entwürdigend und beschämend.

Ich schäme mich auch, weil ich ein paarmal versucht habe, mit den beiden netteren von den vier Terroristen zu reden. So von Mensch zu Mensch. Ich dachte mir, wenn du denen etwas erzählen kannst, von zu Hause, dann finden die dich sympathisch und bringen dich vielleicht nicht um. Aber eigentlich ist diese Anbiederei aus Angst ja schlimm gewesen.

Und ich denke, es kann auch nicht ganz normal sein, daß ich mit den erschossenen Terroristen sogar ein bißchen Mitleid hatte. Wenn man mit Menschen tage- und nächtelang auf so engem Raum zusammen ist, dann kommt es wohl zwangsläufig zu irgendwelchen inneren Verbindungen – auch, wenn die einen quälen und sogar töten wollen. Aber auf der anderen Seite kann doch Mitleid in so einem Fall nicht normal sein. Die Entführer hätten uns doch bedenkenlos getötet.

Diese zwiespältigen Gefühle haben mich völlig durcheinandergebracht. Nachts wache ich auf, und dann fällt mir alles wieder ein.

Aber als die Befreier kamen, von der GSG 9, da habe ich ein Gefühl der Erleichterung gehabt wie nie zuvor. Das kann ich in Worten gar nicht beschreiben. Einfach einmalig. Ich habe geweint vor Glück.

In meiner privaten Umgebung, zu Hause, in der Familie und im Beruf bin ich seit Mogadischu völlig verunsichert, weil ich denke: So etwas kann einem morgen aus heiterem Himmel noch einmal widerfahren.

Mein Mann hatte mich nach der Rückkehr in ein neues, sehr teures Restaurant geführt. Auf einmal sah ich den einen Ober. Der hatte das gleiche schwarze Haar und die dunkle Hautfarbe, die die Terroristen gehabt haben. Da war es aus mit mir. Ich bin auf die Toilette gerannt und habe geheult. Die Angst war so stark, daß ich nicht allein zu unserem Tisch zurückkehren mochte. Eine andere Frau hat mich dann begleitet. Und mein Appetit war auch weg. Ich konnte nichts essen, obwohl der Ober, der ein Ausländer war, sehr freundlich und zuvorkommend war. Der muß gedacht haben, bei mir stimme irgend etwas nicht.

Auf der anderen Seite ist mein Vertrauen in den Staat gewachsen. Der Staat war früher für mich so eine wenig greifbare Sache, eine Institution, an die man Steuern zahlt und von der man im Alter die Rente bekommt. Aber daß es da Menschen gibt, die einen schützen und alles tun, um einen aus einer gefährlichen Situation herauszuholen, das weiß ich erst seit der Entführung.

Wenn ich an die Leute von der Grenzschutzgruppe 9 denke, erfüllt mich Dankbarkeit und Stolz. Vielleicht können mir diese guten Seiten der ganzen Geschichte helfen, mit der Sache fertig zu werden.«

»Das war so schlimm, daß ich mir nach der Erschießung unseres Kapitäns den Tod herbeigewünscht habe. Wenn ich Gelegenheit dazu gehabt hätte, hätte ich sicherlich Selbstmord begangen, denn durch Mörderhand wollte ich nicht sterben.

Ich bin in einem Alter, in dem man das Leben nicht mehr so liebt, wie wenn man jung ist. Aber ich habe mich immer auf einen ruhigen Lebensabend gefreut. Mit meiner inneren Ruhe ist es nun vorbei.

Ich muß weinen, wenn ich an die Vorfälle im Flugzeug denke. Das war so würdelos.

Natürlich war es gut, die Liebe der Mitmenschen zu erfahren. Alle haben zusammengehalten. Und ich lernte wieder das Beten.

Zu Hause sind jetzt alle sehr lieb und nett zu mir und wollen mich trösten, wenn ich meine Depressionen kriege. Aber meine Trauer ist so groß, daß mir nichts helfen kann. Ich frage mich: Was sind das für Menschen, die anderen so etwas Schreckliches antun?«

Als der 10jährige Stephan Röhll kurz nach der Ankunft in Frankfurt von einem Journalisten nach seinen Gefühlen bei dem ersten Auftauchen der bewaffneten Terroristen gefragt wurde, schwieg der Junge.

Der Reporter wollte ihm auf die Sprünge helfen und sagte lax: »Da hast du doch sicher gedacht, das sind richtige Armleuchter.«

»Nein«, erwiderte Stephan mit ernstem Gesicht, »ich habe gedacht, das sind Anarchisten.«

Wird Stephan in einer Welt groß werden, in der Terrorismus, Anarchismus, Geiselnahmen und Flugzeugentführungen zu Alltäglichkeiten werden?

War der Irrflug der »Landshut« nur der Anfang einer Kette von Brutalität und sinnlosen Morden? Oder bedeutet die Befreiung der Geiseln eine Wende?

Die Antwort werden wir erst in ein paar Jahren erfahren.

ANHANG

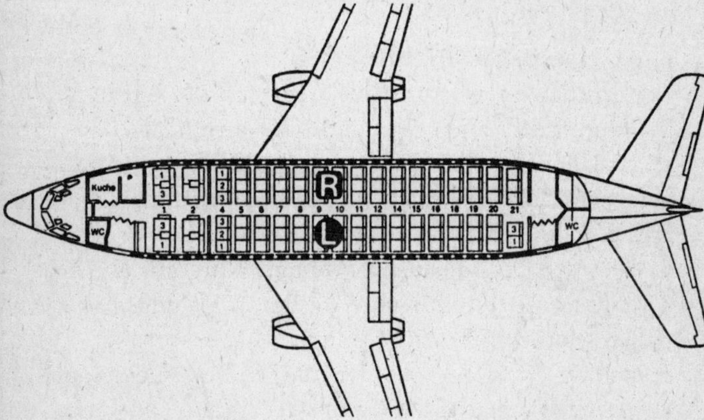

DIE BOEING 737 VOM TYP C

DIE CHRONIK DES IRRFLUGS NACH MOGADISCHU

DONNERSTAG, 13. OKTOBER 1977

13.50 Uhr: Die Flugsicherung Mailand gibt eine Kursabweichung des Lufthansa-Fluges LH 181 von der Route Palma-Frankfurt bei Elba bekannt.

14.45 Uhr: Die »Landshut« landet auf dem Flughafen Fiumicino in Rom.

16.50 Uhr: Bundesinnenminister Maihofer bittet in einem Telefongespräch den italienischen Innenminister, die Maschine nicht starten zu lassen.

17.00 Uhr: Die Flugsicherungszentrale Mailand teilt die Forderung der Entführer mit: Freilassung von Kampfgenossen, die in der Bundesrepublik Deutschland und in der Türkei inhaftiert sind. Die Forderung wird von einem »Hauptmann Walter Mahmud« erhoben.

17.02 Uhr: Bundesinnenminister Maihofer bittet die italienische Regierung erneut, den Start der entführten Maschine unter allen Umständen zu verhindern.

17.50 Uhr: Die »Landshut« startet in Rom mit unbekanntem Ziel. Die italienische Regierung teilt Bonn mit, daß der Start ohne Erlaubnis erfolgt ist.

18.20 Uhr: Die »Landshut« nimmt Kurs auf Zypern. Zu diesem Zeitpunkt sind Zahl der Täter und ihre genauen Motive in Bonn noch immer unbekannt.

19.00 Uhr: Die Deutsche Botschaft in Rom meldet, daß zwei Entführer sich »Hauptmann Walter Mahmud« und »Leutnant Katum« nennen. Bei ihnen seien zwei mit Pistolen und Handgranaten bewaffnete Frauen.

19.55 Uhr: Innenminister Maihofer teilt mit, daß sich eine Sondermaschine mit Experten des Bundeskriminalamtes und Angehörigen der Anti-Terror-Einheit GSG 9 an Bord auf dem Weg nach Zypern befindet.

20.28 Uhr: Die »Landshut« landet auf dem zypriotischen Flughafen Larnaka.

20.55 Uhr: Ein Entführer meldet sich mit der Forderung, zehn bis elf Tonnen Treibstoff bereitzustellen und den Start freizugeben. Die Zyprioten verzögern das Auftanken. Auf Veranlassung eines Ministers erscheint ein seit geraumer Zeit auf Zypern stationierter Vertreter der Palästinensischen Befreiungsorganisation PLO. Er versucht eine Dreiviertelstunde lang erfolglos, auf die Entführer einzuwirken.

21.57 Uhr: Die Entführer argwöhnen, die Zyprioten verzögerten absichtlich die Abfertigung des Flugzeuges und drohen, die Maschine zu sprengen.

22.50 Uhr: Die »Landshut« startet mit Ziel Beirut, 52 Minuten später landet die Sondermaschine aus Bonn auf Zypern.

23.01 Uhr: Der Flughafen von Beirut wird gesperrt, die Landebahn blockiert.

23.14 Uhr: Der Flughafen von Damaskus wird gesperrt.

FREITAG, 14. OKTOBER 1977

00.07 Uhr: Die »Landshut« hält Kurs auf Kuwait.

00.23 Uhr: Der Flughafen von Bagdad wird ebenfalls gesperrt.

00.58 Uhr: Der Flughafen von Kuwait wird gesperrt.

01.54 Uhr: Die »Landshut« landet auf dem Flughafen von Bahrein.

02.32 Uhr: Die Entführer geben über den Flughafendirektor ihre Forderungen bekannt: Freilassung zunächst neun Gefangener in deutschen Gefängnissen, um der Entführung von Schleyer Nachdruck zu verleihen, sowie zwei palästinensischer Gefangener im Gewahrsam der türkischen Regierung.

02.37 Uhr: Die »Landshut« wird in Bahrein betankt.

03.34 Uhr: Die »Landshut« startet mit unbekanntem Ziel in Bahrein.

03.45 Uhr: Der Flughafen des Emirats Dubai wird geschlossen.

04.30 Uhr: Bundeskanzler Schmidt wird im Arbeitszimmer von Innenminister Maihofer davon unterrichtet, daß im Büro des Genfer Rechtsanwalts Payot ein neues, auf Sonntag neun Uhr befristetes Ultimatum der Schleyer-Entführer eingegangen ist.

04.55 Uhr: Flugkapitän Schumann meldet, er habe keinen Bodenkontakt mehr und nur noch für eine Stunde Treibstoff.

0.5.51 Uhr: Die »Landshut« landet in Dubai. Nur fünf Minuten vor dem Aufsetzen der Maschine wurden zur Blockierung auf die Landebahn gestellte Feuerwehrfahrzeuge weggefahren.

06.00 Uhr: Der Anführer der Hijacker erklärt, niemand dürfe an die Maschine heran, sonst werde geschossen. Er wolle nur mit autorisierten Personen verhandeln.

06.10 Uhr: Die Entführer bitten um Getränke und Erfrischungen.

10.00 Uhr: Der kleine Krisenstab tagt unter der Leitung von Innenminister Maihofer. Justizminister Vogel sagt seine Portugal-Reise ab.

10.40 Uhr: Die französische Tageszeitung FRANCE SOIR erhält einen Brief Schleyers, aus dem hervorgeht, daß zwischen den Luftpiraten in Dubai und seinen Entführern ein direkter Zusammenhang besteht.

11.00 Uhr: Unter der Leitung von Bundeskanzler Schmidt beginnt eine Sondersitzung des Kabinetts.
12.15 Uhr: Der große Krisenstab tagt.
16.27 Uhr: In Dubai werden Schüsse auf einen Arbeiter abgefeuert.
22.38 Uhr: In Paris erhält die Zeitung LIBÉRATION auf einem Video-Band ein neues Lebenszeichen von Arbeitgeberpräsident Schleyer. Er liest eine Ausgabe der WELT vom gleichen Tag.
23.35 Uhr: Staatsminister Wischnewski landet in Dubai. Zu seiner Begleitung gehören unter anderem BKA-Experten und der Kommandeur der GSG-9-Einheit, Ulrich Wegener.

SONNABEND, 15. OKTOBER 1977
09.00 Uhr: Der große Krisenstab tritt unter Leitung von Bundeskanzler Schmidt zusammen.
11.25 Uhr: Jürgen Schumann appelliert aus dem Cockpit der »Landshut« an den Kanzler: »Sie sind unsere letzte Hoffnung!«
11.40 Uhr: Bundeskanzler Schmidt leitet eine Sitzung des kleinen Krisenstabs.
12.54 Uhr: Die somalische Botschaft in Kenia teilt mit, ihr Land sei aus »humanitären Gründen« eventuell bereit, Baader-Meinhof-Mitglieder aufzunehmen.
14.00 Uhr: Das Bundeskabinett tritt zu einer Sondersitzung zusammen.
16.11 Uhr: Das frühere Flüchtlingslager Tel Saatar im Osten Beiruts wird vom Sprecher der Luftpiraten als Sitz der Befehlszentrale genannt.
17.40 Uhr: Staatsminister Wischnewski dementiert Gerüchte, die Maschine stürmen zu lassen.

18.35 Uhr: Die Sondermaschine mit den GSG-9-Angehörigen verläßt Ankara und fliegt nach Bonn.

SONNTAG, 16. OKTOBER 1977

8.30 Uhr: Das Bundeskabinett tritt eine halbe Stunde vor Ablauf des ersten Ultimatums zusammen.

12.19 Uhr: Die »Landshut« startet in Dubai mit Kurs auf die Insel Masirah. Das Ziel ist jedoch unbekannt.

13.00 Uhr: Das zweite Ultimatum läuft ab, der große Krisenstab tritt zusammen.

13.20 Uhr: Der Flughafen von Oman wird gesperrt.

14.47 Uhr: Die »Landshut« befindet sich über Oman, landet jedoch nicht.

14.50 Uhr: Ein Landeversuch in der südjemenitischen Stadt Riyan mißlingt.

15.52 Uhr: Die »Landshut« landet auf dem Flughafen von Aden auf einer Sandpiste neben der mit Fahrzeugen blockierten Rollbahn. Die Maschinc hatte nur noch für wenige Minuten Treibstoff.

MONTAG, 17. OKTOBER 1977

01.00 Uhr: Die »Landshut« startet in Aden und nimmt anfangs Kurs auf Kuwait.

04.35 Uhr: Mit der Drohung, die »Landshut« über der somalischen Hauptstadt abstürzen zu lassen, erzwingen die Entführer die Landung in Mogadischu. Wenige Stunden später trifft auch Staatsminister Wischnewski mit seinen Begleitern in der afrikanischen Hauptstadt ein. Er nimmt sofort Kontakt zu Staatspräsident Barre auf.

06.30 Uhr: Unter Vorsitz von Bundeskanzler Schmidt tritt in Bonn der kleine Krisenstab zusammen. Zu diesem Zeitpunkt wird auf dem Flughafen von Mogadi-

schu die Leiche des in Aden ermordeten Lufthansa-Kapitäns Jürgen Schumann aus dem City-Jet geworfen.
09.30 Uhr: Der große Krisenstab tritt zusammen. Auf dieser Sitzung wird die gewaltsame Geiselbefreiung endgültig beschlossen.
15.00 Uhr: Ein zu dieser Stunde ablaufendes weiteres Ultimatum wird erst um 30 Minuten, dann bis 1.30 Uhr verlängert.
17.30 Uhr: Die Sondermaschine mit der GSG-9-Einheit an Bord landet, von Kreta kommend, in Mogadischu.
23.15 Uhr: Beginn der Annäherung des GSG-9-Sturmtrupps und technischer Spezialisten an die »Landshut«.
23.50 Uhr: Somalische Soldaten starten ein Ablenkungsmanöver. 100 Meter vor der »Landshut« entzünden sie ein Holzfeuer. Innerhalb von zwei Minuten beziehen Grenzschutzbeamte Stellung unter der Boeing in Höhe der Tragflächen.

MONTAG, 17. OKTOBER 1977
00.05 Uhr: 28 Angehörige der GSG-9-Einheit stürmen die »Landshut«.
00.07 Uhr: Die ersten Passagiere klettern unversehrt aus der Maschine.
00.12 Uhr: Alle Passagiere haben die gekaperte Maschine verlassen. Die Aktion ist beendet. Staatsminister Wischnewski meldet Helmut Schmidt telefonisch: »Die Arbeit ist erledigt, drei tote Terroristen, ein GSG-9-Mann verletzt.«
13.44 Uhr: Die Lufthansa-Boeing 707 »Köln« landet mit den befreiten Geiseln auf dem Frankfurter Flughafen.
15.22 Uhr: Die 60 Mann starke GSG-9-Einheit landet mit der Boeing 707 »Stuttgart« auf dem Flughafen Köln-Bonn.

Die elf Baader-Meinhof-Häftlinge, die freigepreßt werden sollten:

ANDREAS BAADER

Aus Protest gegen den Vietnamkrieg legt Baader am 3. 4. 68 in einem Frankfurter Kaufhaus Feuer, zwei Tage später wird er festgenommen. Das Urteil: drei Jahre Zuchthaus. Am 13. 9. 69 wird er entlassen, weil das Urteil noch nicht rechtskräftig ist. Fünf Monate später erlangt das Urteil Rechtskraft, Baader flieht. Am 4. 4. 70 wird er in Berlin verhaftet und 40 Tage später gewaltsam aus der Haft befreit (u. a. von Ulrike Meinhof). Zwei Jahre später, am 1. 6. 72, kann er in Frankfurt verhaftet werden. Der Prozeß gegen ihn beginnt am 21. 5. 75 in Stuttgart. Am 26. 4. 77 wird Andreas Baader wegen gemeinschaftlicher Tötung von fünf Menschen und Mordversuchen in 59 Fällen, Gründung einer kriminellen Vereinigung, Sprengstoffdelikten und Banküberfällen zu lebenslanger Freiheitsstrafe verurteilt. Baader legt Revision ein. Nach der Geiselbefreiung von Mogadischu erschießt er sich in seiner Zelle in der Haftanstalt Stuttgart-Stammheim. Baader galt neben Gudrun Ensslin und Jan-Carl Raspe als führender Kopf der Baader-Meinhof-Gruppe.

GUDRUN ENSSLIN

Die ehemalige Lehrerin legt gemeinsam mit Baader am 3. 4. 68 Feuer in einem Frankfurter Kaufhaus. Auch sie wird zu drei Jahren Zuchthaus verurteilt. Gudrun Ensslin wird am 13. 6. 69 ebenfalls entlassen, weil das Urteil noch nicht rechtskräftig ist. Bevor das Urteil Rechtskraft erlangt, flüchtet sie und wird am 7. 6. 72 in

Hamburg verhaftet. Am 26. 4. 77 verurteilen sie die Richter in Stuttgart wegen Mordes und Mordversuchs zu lebenslanger Freiheitsstrafe. Gudrun Ensslin legt Revision ein. Nach der Befreiung der »Landshut«-Passagiere erhängt sie sich in ihrer Zelle.

JAN-CARL RASPE
Der Diplom-Soziologe wurde seit der Befreiung von Baader 1970 in Berlin gesucht. Zu diesem Zeitpunkt warf ihm die Staatsanwaltschaft Teilnahme an Raubüberfällen und Kfz-Diebstählen vor. Am 1. 6. 72 wird er in Frankfurt zusammen mit Andreas Baader und Holger Meins (starb am 9. 11. 74 an den Folgen eines Hungerstreiks) festgenommen. Auch Jan-Carl Raspe wird am 26. 4. 77 in Stuttgart wegen Mordes und Mordversuchs zu lebenslanger Freiheitsstrafe verurteilt. Er erschießt sich nach der geglückten Geiselbefreiung in seiner Zelle.

IRMGARD MÖLLER
Die ehemalige Studentin wird am 16. 3. 76 in Hamburg wegen Mitgliedschaft in einer kriminellen Vereinigung zu viereinhalb Jahren Freiheitsstrafe verurteilt. Irmgard Möller steht des weiteren unter dem Verdacht, zusammen mit Angela Luther (die an der Entführung des Berliner CDU-Vorsitzenden Peter Lorenz beteiligt gewesen sein soll) am 24. 5. 72 einen Bombenanschlag auf das US-Hauptquartier in Heidelberg verübt zu haben. Am 3. 1. 77 wird Irmgard Möller nach Stuttgart-Stammheim verlegt. Die Dreißigjährige versucht, sich nach der Geiselbefreiung mit Messerstichen in die Herzgegend das Leben zu nehmen, wird aber gerettet.

VERENA BECKER

Als Mitglied der »Bewegung 2. Juni« wird Verena Becker am 12. 12. 74 im Alter von 23 Jahren zu sechs Jahren Jugendstrafe wegen eines Sprengstoffanschlags auf den britischen Yacht-Club in Berlin-Gatow verurteilt, bei dem ein Mensch getötet wurde. Sie gehört zu den Häftlingen, die am 3. 3. 75 im Austausch gegen den entführten Berliner CDU-Vorsitzenden Peter Lorenz in die Volksrepublik Jemen ausgeflogen wurden. Nach dem Attentat auf Generalbundesanwalt Buback wird sie am 3. 5. 77 gemeinsam mit Günter Sonnenberg in Singen festgenommen.

GÜNTER SONNENBERG

Sonnenberg steht unter dem Verdacht, an der Ermordung von Generalbundesanwalt Buback beteiligt gewesen zu sein. Am 3. 5. 77 wird er gemeinsam mit Verena Becker in Singen festgenommen. Bei einem vorausgegangenen Schußwechsel mit der Polizei wird der Dreiundzwanzigjährige durch einen Kopfschuß lebensgefährlich verletzt.

KARL-HEINZ DELLWO

Der Industriekaufmann wird am 23. 5. 73 in Hamburg festgenommen und fünf Monate später wegen Mitgliedschaft in einer kriminellen Vereinigung sowie Haus- und Landfriedensbruches (Hausbesetzung) zu einem Jahr Freiheitsstrafe verurteilt. Karl-Heinz Dellwo gehört zu dem Terroristenkommando, das am 25. 4. 75 die Deutsche Botschaft in Stockholm überfällt. Er wird festgenommen und an die Bundesrepublik ausgeliefert. Am 20. 7. 77 verurteilen ihn Richter in Düsseldorf wegen Mordes zu zweimal lebenslänglicher Haft.

HANNA-ELISE KRABBE

Sie gehörte dem Kreis um das Sozialistische Patienten-Kollektiv (SPK) Heidelberg an. Am 25. 4. 75 ist auch sie unter den Attentätern, die die Deutsche Botschaft in Stockholm überfallen. Sie wird ebenfalls festgenommen, ausgeliefert und zu zweimal lebenslänglicher Haftstrafe verurteilt. Hanna-Elise Krabbe (31) hat Revision eingelegt.

BERNHARD-MARIA RÖSSNER

Rössner (31), der auch zum Sozialistischen Patienten-Kollektiv Heidelberg gehörte, war ebenfalls an dem Attentat auf die Deutsche Botschaft in Stockholm beteiligt. Wegen Mordes wurde er zu zweimal lebenslänglicher Haft verurteilt. Zum Zeitpunkt der »Landshut«-Entführung ist das Urteil noch nicht rechtskräftig.

WERNER HOPPE

Hoppe wird am 15. 7. 71 nach einer Schießerei mit der Polizei in Hamburg festgenommen und dort ein Jahr später zu einer zehnjährigen Freiheitsstrafe wegen Totschlags rechtskräftig verurteilt. Der Achtundzwanzigjährige verbüßt seine Strafe in Hamburg.

INGRID SCHUBERT

Die Medizinalassistentin wird am 8. 7. 70 nach der gewaltsamen Befreiung von Andreas Baader in Berlin festgenommen und ein Jahr später wegen Gefangenenbefreiung und versuchten Mordes zu sechs Jahren Haft verurteilt. 1974 wird Ingrid Schubert (32) unter anderem wegen dreier Banküberfälle zu weiteren 13 Jahren rechtskräftig verurteilt. Sie verbüßt ihre Strafe in München.

Zu den Abbildungen:

1.) Die entführte Lufthansa-Maschine auf dem Flughafen von Dubai

2.) Dubai-Airport – ein Entführer gibt Anweisungen aus dem Cockpit der Maschine

3.) Der Lkw an der Luke bringt Verpflegung, leichte Kleidung und Medizin (Dubai)

4. a) Die Außenseite mit dem Schriftzug und dem Zeichen der Maschine

4. b) Die »Landshut« nach der Befreiungsaktion in Mogadischu; unten Mitte ein Ausschnitt, der die Ausschüsse durch die Aluminiumverkleidung des Flugzeugs zeigt

5.) Der erfolgreiche Vermittler Hans-Jürgen Wischnewski

6.) Die Geiseln kurz nach der geglückten Befreiungsaktion

7.) Zwei der erschöpften Opfer erhalten Erste Hilfe

8.) Die überlebende Terroristin wird auf einer Bahre weggetragen

9.) Glückliche Heimkehr der Entführten nach fünf Tagen Gefangenschaft

10.) Die Gesichter sind noch von den Strapazen gezeichnet

11.) Decken schützen vor den Temperaturschwankungen

12.) Ein Flughafenbus transportiert die Passagiere vorbei an winkenden Zuschauern

13.) Zehn der mitgenommenen Geiseln wurden gleich in ein Krankenhaus überwiesen, jedoch ohne größere Verletzungen

14.) Erschöpft, aber frei: eine Stewardeß, die als Passagier am Flug teilnahm

15.) Das Ende der schrecklichen Trennung, die Familie ist wieder beisammen

16.) Die Entbehrungen scheinen vergessen. Glücklich, wieder heimischen Boden unter den Füßen zu haben, trifft die Stewardeß (s. Abb. 14) ihre Mutter wieder